U0903797

陈 幻◎著
（水晶珠链）

天使爱混蛋
Girls Favor Bad Boys

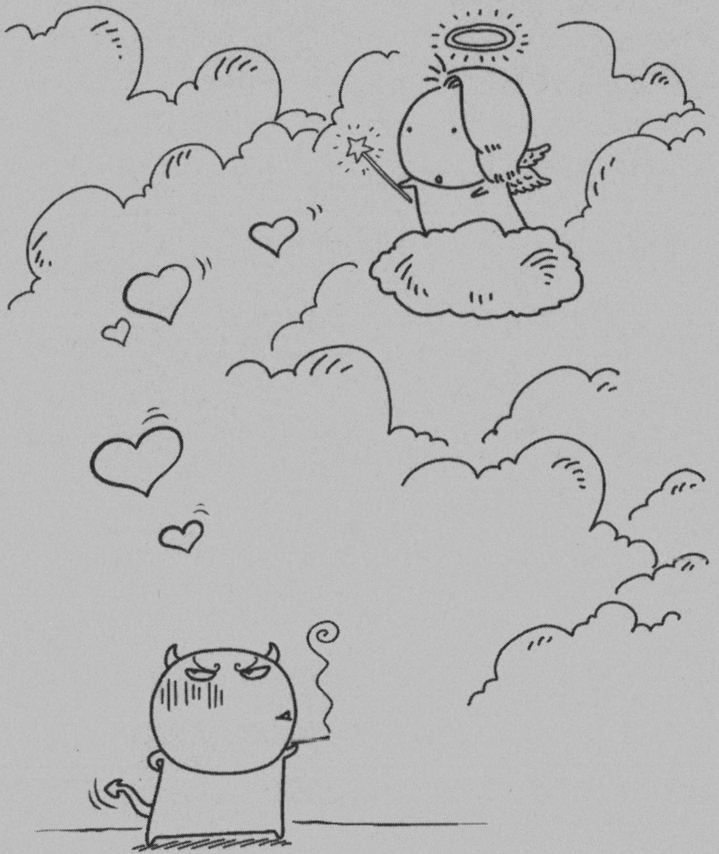

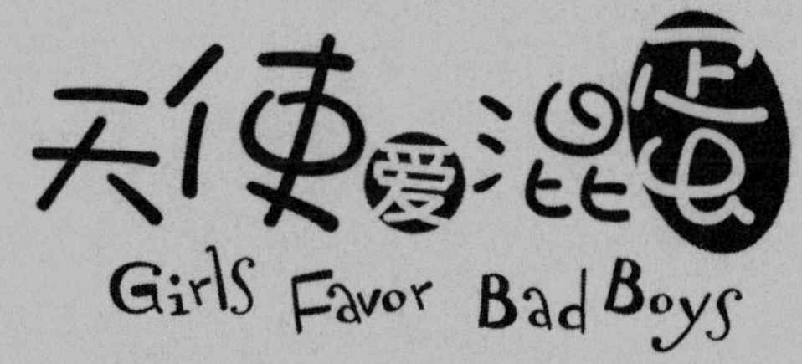

中国画报出版社

自序

p r e f a c e

这本书的内容，出自我在《女友》校园版开设的栏目"也许有灵犀"。前前后后已有三年。是我每月工作里面最上心、耗功率最大的一个。

一月一次的，收信、看信、挑选、回答。很煎熬也时有快乐。每月平均上百封的读者来信，有捧场的也有踢馆的——都很感谢。

看到大家问题一个比一个急，各种迫切表达，我也很急。一是肯定不能各个都服务到，二是有的问题限于能力我也解决不了。

其实很多来信是不需要解答的，只是需要耳朵。这个，我给。过去给，以后继续给。

其次，关于我回答问题的方式。我不是专业的心理医生，也不是什么情场高手——在这世上应该也没有这个族群，甚至也不好意思以"过来人"自居，我也还没彻底过来。

所以我尽量挑选一些我觉得可以胜任的问题，或是有过类似"纠错思考"的问题，表达出我的看法，给你一个陌生人的声音。这完全不好意思说是什么指导和帮助。短短一封信的只言片语，谁都不可能帮谁解决问题。

不可避免会有偏颇、情绪化和自以为是。有些读者控诉我"站着说话不腰疼"。这个，我想做下虚弱的辩解——

确实，谁也没办法把每个故事的细节都亲身体会一遍。除你本人，所有局外人只有"站着"的份儿。所谓的优越感也仅限于“我在倾听”而“你正在经历”。面对爱情中各种迷惑、无助、拧巴、怀疑，我若真有发自内心的“优越感”，那我也确实有必要去挂号看看病了。

因此，如果书中有一些常识性错误，或是为了照顾节目效果而伤害到你们感情的地方，也请包涵。

从这些提问和解答中，我也经常获得帮助，检讨并监督自己身上的毛病。也完全可以理解“想通”与“实际操作”要统一起来是件多么困难的事。这是我们一起走向成熟的必经之路吧。

书名想了好几个，最后觉得“天使爱混蛋”更贴合我看大部分信的第一感觉。并非是说，女生全是天使，男生全是混蛋；是说人人都兼有天使与混蛋这两面——错误的时间地点，碰到不合适的异性，产生无法匹配的爱情感受，是天使遇混蛋的感觉；一份糟心的恋情也会把天使的混蛋那面勾出来。人人体内都有这两个角色在冲突。

来信内容基本保持原貌，胡乱标点、文法不通之处也未改动，毕竟这是一份份原始档案，那些不通的句子，有各自的内在原因，有兴趣者可以顺这条路继续探究。

将来信的问题分为现在这样六大类，也是为分而分。事实是，很多来信都同时包含多种爱情“元素”，没法简化成某一“标签”。分分类，只是为了方便翻阅。

最后，我要在此感谢《女友》杂志，它提供给我平台，让我有机会收获这么多故事和信任，也一直允许我这样放肆地“修理”读者。

001

Girls Favor Bad Boys

一个人不能地老天荒——“单女”问题

c o n t e n t

甲混蛋，乙天使
——“相处”问题

113

Girls Favor Bad Boys

那些花瓜——“第三者”问题

c o n t e n t

159

Girls Favor Bad Boys

回头草都是浮云
——“EX”问题

181

Girls Favor Bad Boys

同床可不可以打败异梦

——“性”问题

c o n t e n t

223

Girls Favor Bad Boys

有异性，没人性

——“其他”问题

一个人不能地老天荒

——“单女”问题

●“美丽的爱情”本来就是天上掉馅饼的事儿，你不能奢望它跟发盒饭一样，到饭点儿就人手一份。

●如果你把和人相处都已预先设定为洪水猛兽，那你不仅是不适合恋爱，简直就是不适合待在这个星球上。

●如果大家都沉浸在曾经乱给谁抛过媚眼、传过纸条的小屁事儿里不能自拔，那我们真正的爱情事业该怎样进行呢！

●对一个男人来说，在官方女友之外，还有不少多余的多巴胺需要安排。这种安排既要合法，又要出效果，于是就有了暧昧这个词——人家多出来的力气，你却打算抡圆了胳膊上场，这显然不合适。

●你这不是缺乏精神支柱，是缺少一个随便什么的肉体支柱。

●一个“对爱情与婚姻有着深深的不信任和恐惧”的人，可以在别人刚结婚没多久就过去拜访——你见过哪个怕鬼的人会三更半夜跑到坟场上去玩的？

●人家一个随口的寒暄，你就这样千里迢迢跑过去，就算是正人君子也会以为你是送外卖的。

相亲相上瘾

从23岁起我就开始相亲，每周见几个不同的男人，这已经是我的家常便饭了。这种状况已经持续了五年，有点像刘若英演的电影《征婚启示》，不同的是，我也不是为了忘记什么人，我是真的想找个人结婚。

我条件还不错，算个中等美女吧，形形色色的男人见了一大堆，就是没遇到一个合适的。大多是吃顿饭就再也不见了。最好的一次也就是坚持交往了一个月，还是不了了之。我这么下去还有希望吗？难道找一个般配的人真的那么难？

一般我们买衣服都有这样的常识，起先精挑细选，一直挑到店要打烊，到最后只能随便抓了一件就跑——之前浪费那么多眼水、心水，根本就不对这个结果产生任何影响，我们很有可能就抓了一件只能在家当睡衣穿的玩意儿。

这个故事教育我们，有时，决定比挑选更重要。除非你已经修炼到认为此过程高于结果。也就是说，如果你仅是靠相亲来扩展交际圈、增加对人类的认识的话，那你尽可以再多逛几个男人，逛到男人这家店彻底打烊为止。

可怕的是，店几时打烊，完全不掌握在你这顾客手里。我想你这样勤快地为自己安排相亲局，其实是对自己某种程度上的懈怠。总是这样轻飘飘地与人相识、共饭，却拒绝深入交往，是否怕自己其实已丧失了这种能力？其实你根本没能力与人打开局面？这才是对自己造爱能力的放弃。这种过程完全不能提高你任何方面的修养，只能让你凭空多出些“发不出去”的感慨。与其一直怕选错，不如当机立断，选一个试着。这种情况，肯定是越往后挑越没得挑。end

第 11 次相亲

我在一个不大的城市里有份不错的工作。在大城市里 25 岁可能不代表什么，可在我的周围，我的朋友要么结婚，要么已为人母，这导致母亲很为单身的我着急，四处找人给我介绍对象。

可能是因为上大学时已经比同学大两岁，我一直被自卑感缠绕着，在学校里也没留下过初恋。现在觉得很可惜，缺少了一个很好的机会去了解男人。

现在和我保持联系的男生是我见的第 11 个，我对他没什么感觉，总觉得他沉闷，没有幽默感。而我是个外向、感情丰富的人，总感觉和他没有共同语言。可是母亲坚持认可他，说条件还可以，说两个人性格互补正好。每天，我们都会因为这个问题而吵一回。我现在真的觉得很累。难道我真的就该去接受他？

个人觉得这事还是要勇于尝试，你都没开始过，不要说你妈了，连你自己都还没搞清楚自己喜欢什么样的。所以我也支持你，不要让咱妈的什么“互补”论给坑了，要是拿所有看不顺眼的人都当成“互补”，那恐怕会补出内伤来。

同时，为了让咱妈不要再乱操心，你也该主动起来，组合一下现有资源，把风声放出去……让朋友们来介绍，多少比父母来得靠谱些。

另外，由于你起步就晚了，长期都是用想去构造你的真命天子的，这多少也为你找男友设立了障碍。不管是残次品、可疑物品，先让自己开张了再说。要把胆量练起来以后才好防身啊。end

我是爱情绝缘体吗?

我是一个大学生，从踏入大学到现在都很期待自己有很美丽的爱情。(但我不是那种满脑子只有爱情的人，同时我也很努力地学习。)可时间长了我的孤独感就与日俱增了，我经常顾影自怜，觉得自己很可怜，在校园里走处处是相互依偎的情侣，自己真的很羡慕。羡慕那些女孩子有男子去照顾。

说一下我悲惨的感情世界吧：大一刚进学校时我喜欢了一个人，跟他说了以后，他拒绝了，之后他又找了一个女友。曾经和一个高中同学很暧昧，但后来他又说和我只做朋友了。大二时我又喜欢另一个人也跟他说了，又被拒绝了……

我怎么就一次一次被拒绝?我不是很漂亮，但不丑，而且性格比较好比较开朗。我到底怎么了?!从小到大就没有男孩子追过自己!这个问题真的很让我懊恼，更痛苦的是即便主动也不能得到自己想要的爱情。同寝室的同班的都基本恋爱了，为什么我还没能拥有自己的爱情呢?这个又不好跟朋友说，一个女生被拒绝那么多次太没面子了……我痛苦到顶点了，到底怎么才能迎来我的爱情?

首先，这事儿不能心术不正，“美丽的爱情”本来就是天上掉馅饼的事儿，你不能奢望它跟发盒饭一样，到饭点儿就人手一份。“美丽的爱情”一般都会以“邂逅”、“飘”、“撞”之类的动词开始，从未听过爱情是可以“讨”、“逼”或“吓”来的。

你老抱着要跟校园树丛里那堆人看齐的想法，未免有点急功近利。即便现在有个人肯帮你填空儿，也肯定不是你想象中那个美法儿。

为什么非要有个人照顾你才行?你一个人呼吸不能自理么?是需要好歹有个人帮你增加底气么?我看很多大学里没谈过恋爱的女人，照样成长为活泼可爱的女性，并成功把自己嫁了出去呀!这好像该是选修课而不是必修课吧?

对付那种失眠的人，最好的办法就是告诉他(她)，睡不着也没关系。对你也是

一样。你必须把爱情的重要性降低，不能把它给妖魔化了。失眠，很多是因为把睡眠看得过于重要，以为少睡一晚就会死。你试试，你大学期间就是不谈恋爱会不会死。end

是否我根本不适合恋爱

距离上次恋爱已有五年了。家里人催着我结婚，参加同学聚会，好几个同学的孩子都可以打酱油了。以前还有几个同学与我结伴单身，但最近一次的同学聚会，我惊慌发现只剩我一个还坚守阵地，感觉非常不爽。

很想抓个人来结婚算了，但怀疑自己是否还有与人共处的能力。别人都说，单身久了的人是“雷”，会越变越古怪。回想我目前，连一个暧昧对象都没有，跟新男人相识，也很快会把自己包裹起来，懒得下手展开。我这种性格还有没有得救？或者有人真的不适合谈恋爱？

如果已经发现问题，就想办法去解决，将这个问题越具体化，越好下手。这是个常识。如果仅仅沉浸在一些情绪里，就将自己关起来，问题是解决不了的。简化地说，找一个结婚对象？那你的态度就要跟着积极起来，而不是一面寂寞着、等待着、烦躁着，一面又将自己的门一扇扇关紧。那最后谁也帮不了你——你就真的不适合谈恋爱了。

另外，不要暗示自己已经古怪得不能和人相处，最多是没碰到相处的机会而已。如果一份好的爱情出现，你会随之发生变化的，不可能仍是那个单身时“古怪”的你。当你试着去接近一个人，会发现一切都将变得具体，你可爱的一面会自动被调动出来。如果你把和人相处都已预先设定为洪水猛兽，那你不仅是不适合恋爱，简直就是不适合待在这个星球上。end

每次恋爱不超过一百天

我又跟我男朋友提出分手了。不知道为什么从我开始恋爱到现在，每次都是开始的时候我们都很喜欢对方，但很快我就会突然觉得我对对方没感觉了。虽然对方不一定百分之百让我满意，但大体上还是可以的。分手前也并没什么不愉快的经历，一切都和平常一样，但就是突然一瞬间，我就失去感觉了，一旦失去就再也找不回来了。

所以我每次恋爱都不超过一百天。其实我每次都是考虑清楚才开始恋爱的，每次都是很认真和真心的，但不知道为什么会这样。真的很苦恼，我多么希望自己的感情能长久一些啊！我到底是怎么回事呢？我该怎么办呢？

你似乎需要被人狠狠甩一次。大概之前来的感情太轻易？或者都是些比你“差”很多的追求者？如果是这种情况，倒还好办。你所谓的“考虑清楚”，大概也就是衡量了一下轻重，发现那个人是个你能够“驾驭”的主儿。在爱情里，这样讨便宜当然无可厚非，但对方的魅力持久度就有待考量了。

我个人还是不建议对每个出现的恋爱对象都“很认真和真心”，好钢要用在刀刃上吧？你若每次都搞批发，当然会在关键时刻掏不出重金来对付你的真命天子。

其次，是个爱的“能力”问题，这是更大的问题所在。一个成熟的人是不会“突然一瞬间”就没感觉了。相信之前还有很多个“一瞬间就突然来感觉”的时刻帮你进行着铺垫。你如果靠情绪化来生存，早晚会空虚至死。随着你各方面的慢慢成熟，相信你会了解到某些“瞬间的”感觉，根本就是 bullshit。end

我无法在两种形象间转换

我算是个非常了解自己的人，有两个“我”让我为难——在工作单位里，求真务实，勤劳肯干的我，给同事树立了一个女强人的形象：独立，工作能力强，效率高，上级、同事都给了我很好的评价。于是，事物的另一方面也显露出来：我至今单身，因为有男同事通过别人评价过我：她太强，我们在她面前都自卑。

其实我何曾不知道女人要示弱，才能激起男人们的呵护欲望，也就是说让他们觉得有机会保护你。做一做小女人的形象，以我的模样和身材，肯定会招来很多同事的求爱。然而，我不可能在一个地方（单位），变换两种形象啊！

我懂这道理，既不想在工作上失去体现自己的机会，又想在众多男同事面前扮演“小女人”，争得更多的保护。想要在工作上有所建树，当然凡事要积极，要自己扛；但是，如果想做一个低调的、与世无争的幸福小女人，工作上的许多机会也就错失了。两者始终是矛盾的么？

你不能对一堆单位同事要求这么多，让他们既接受你的强势、能干，同时又对你抱有性幻想。所以，对待周遭的看法时，你可以先问问自己：是否虚荣心过重？是否什么都想要？

这两个角色并非不能统一，但在工作里，显然“能干”比“讨异性欢心”更重要。若你表现出的“强”，使其他男人害怕，只能说明他们内心孱弱。你没必要就此屈尊，再去扮演个小女人给他们看。这些人的意见实在不重要！除非你决心就近在同事里择偶。

就算你打算在周围择偶，相信一个优秀的男人是不会被一个“女强人”吓跑的。他们也不会肤浅地觉得，能干的女人就绝对不适合娶回家中。而你要做的，就是不要把这两个角色概念化。同样都是你的一部分，表现出真实的你即可。

相信那些最终都能顺利嫁出去的女强人们，都是很好地结合了两者，甚至是利用自己作为女性的部分。so，没必要把这种“分裂症”当天大的事。end

师生不能相恋？还是根本不喜欢我？

我是北京一个大三的女孩，今年 21 岁。我不是美女但也是回头率很高的人。我的生活一切都很好，唯独爱情有残缺。

他是我的老师，27 岁。一年前我向他告白，他没有接受。后来我过生日，他约我吃晚饭，一起去看电影，又去后海为我点蜡烛切蛋糕。当天的一切都是他安排的。第一次的约会，我没有太多说话。最后他说他犹如珍惜世界上最美好的事物一样珍惜我，但他真的不喜欢师生恋。他说如果毕业我没有男朋友，他又刚好没有女朋友，我们就在一起！

他一直跟我说他没有女朋友，当然我也不是傻子，从他的年龄来说，生理心理都需要女人。但他对我从来没有要求过。

有一次我在医院输液，闲着无聊给他发信息，当时突然下雨，他明知道我妈妈在，也主动要过来给我送雨伞和衣服。这样的行动，难道不代表什么吗？在这一年的时间里，我和他真正接触只有这两次，剩余都是发信息打电话。我真不知道现在该怎么做，才能让他对我主动，接受我。在当今，师生恋情不算什么的啊。真正原因果真是师生关系么？还是他根本就不喜欢我？

可以从一个最简单的角度考虑这个问题。史上很多关于老师们的风流韵事，大家的描述都是这样的：某某老师跟女同学乱来……最后女同学可以趁着自己毕业消失于话题中，而该老师必须待在校园里，反复接受这种精神拷问，除非他辞职转校，但估计也要背着“历史污点”上路。

不要跟我说社会已经很开放，如果你有女儿，你会把她交到一个在女学生面前管不住自己下半身的老师手里么？你觉得这么想问题是太古板、太不够 open 的表现么？

所以，你老师不管是否对你有意思，他这种行为都是可以理解，并且值得全体心猿意马的女同学参考。

有一些情愫，建议就只以情愫的规格去对待。就是，不一定要逼出个开花结果你才罢休吧？你若一定要促成一段风流韵事，至少也不需要太心急。既然“生理心理都需要女人”的男人都不急，你又急个什么劲儿？end

可不可以爱上老师？

我读高三，马上就高考了。最紧张的时候，我喜欢上一个我们学校的老师。他没说过喜欢我，但是其实说不说我多少也是懂的。

最近事情开始变得怪怪的，我的短信他回起来基本上都是叫我去看书，见面的时候他也开始变得像个老师。我每天读书都累死了，可是他还给我添烦恼。不只他一个人有压力啊，我也常被人指指点点啊。他老是说自己有多心虚，有多不安，然后说我的状态有多么不对……高考结束后，如果他不主动，我应该也会狠下心不和他来往了。会可惜吧，这么好的一个人。

他的冷淡，是因为他终于意识到自己是老师了呢，还是因为我快要高考了呢，还是因为根本是我自己想太多，他根本对我没感觉呢？

压力太大的时候容易出现各种幻觉，这是正常的，你给自己高考期间设置了这么一个娱乐项目作为调剂，我认为是相当的劳逸结合，但是，别太当真就是了。

一个老师给他女学生回短信或面授机宜时，难道不应该“像个老师”吗？他难道是为了“逃避”你的杀伤力才在那里装蒜？其实他在你的设计里应该已经欲火中烧才对？臆想一下是可以的，只是就别把情节编得这么复杂了吧！还冀望幻想对象无限配合你的演出要求，人家好歹是位人民教师啊，配合到这地步已经很不容易了。end

我跟老师真的没可能吗？

我爱上大我将近 9 岁的老师。本来以为这份爱默默的就好，没想到他也说喜欢我，但又觉得我不是能够陪他一生的人。他 30 岁出头，经历过一次短暂的婚姻，加上性格原因，他非常害怕下一次感情的失败。他这样说，我觉得自己就祝福他好了，他又说也不一定我们就没有可能。

也许是因为真的爱他，当然也有好奇的成分在，我很快就陷入到这段感情里。但之后才发现他工作过忙，根本没有时间陪我，也常常说我们不适合在一起，但我们已经发生了关系。他让我感到，我只是他的一件玩具，寂寞了就玩一玩。他甚至不让我去他的家，难道因为那里还留着上一个人的影子？我很迷茫，想抽身却又眷恋他……这段感情是否注定没有未来？

我看这位老师，嘴里说在找一个能走完一生的人，但似乎也不抗拒能跟他走上几夜的人。他那样半推半就，一面把后果讲得很严重，一面又猛下诱饵，实在没有任何“害怕下一次感情的失败”的意思。只不过当他需要利用这“害怕”时，他就“害怕”得躲了起来。

不让你去他家，除了你猜到的原因，我认为最主要的是，他压根儿没想让你介入他任何真实的生活。纯粹是短期行为，你也就当是体验版吧。

另外，以后要小心那种一把年纪还在扮可怜骗姑娘的男人。end

自尊使我无法接近他

我是一个大二的女生，从上大学起就很喜欢班里的一个男生，我觉得他也对我有感觉的。可是我们几乎每次见面开口说话都是一副公事公办的样子，嘴里说的跟心里想的完全是两回事。

也有其他几个女孩子喜欢他，我很佩服她们的勇气，她们总是会找各种各样的借口或者机会接近他，可是回头看看我，一站在他面前就总想逃走，更别说约他打球、出去玩之类的主动表现了。我想我要是能有那些女孩一半的勇敢也许就好得多。

我发现他有时候会看着我，有时候会因为别的男生接近我表现出一些醋意，可有时候也会故意地回避我。真的好难过啊。你说他是喜欢我吗？如果是，男生不都是很勇敢很直接的吗？为什么还要回避我呢？

我该怎么办呢？我总觉得像其他女孩子一样有事没事围着他转实在太那个了，可是再这样僵持下去我们会错过的，我是不是自尊心太强了点？我该怎么做呢？真是太头疼了。

如果你碰到一个像《东京爱情故事》里完治那样的男生，还真是让人头疼。如果你再没有莉香的“不要脸”和执著，那真是很难把他给磕下来。你们俩如果都比赛着把心事憋在心里，是没有人会帮你把这件事戳破的。接下去，不难想象，你又会因为他跟别的女生亲热而吃干醋，一怒之下就依了一个你并不喜欢的男生。而他看你这样，一怒之下又……很有可能，一段好姻缘就这么被憋黄了，还真是谁都怨不得。

你的自尊心，如果是因为你自恃甚高，那劝你完全可以放低一次，你们这才哪儿到哪儿呀，真正要使用你自尊的阶段还未到。你总要跟他先把故事展开，才能展现出你到底有几斤几两。而且，对方若是好男人的话，也不会因为第一步你主动了，日后就拿这个说事儿，或不在乎你。

如果你所谓的自尊是出于对自己的不自信，那更应该借此机会挑战自我。赢得这个男人，也许会给你增加一些非凡的自信感觉哦。end

我的柏拉图之恋该如何收场?

我今年 23 岁了，一直没有男朋友。我小的时候，父母老是吵架，我又是独生女，所以一直以来都很孤僻内向，也没有什么朋友。我一直都缺少安全感，有点抑郁、清高，还很敏感。

上学时我一直都很爱我初中的一位政治老师，我明明知道这只是一种柏拉图式的精神寄托，可还是迷了他七年之久。现在我爱上了我的一个主任，本来以为我是把他当作从前政治老师的替身，可过了这么长时间，我发现我真正爱上了他，问题是他比我大十多岁，更糟糕的是，他结婚了，孩子都十多岁了。越想得到越得不到，越得不到越想得到。

我对他的婚姻家庭都不了解，我可以明显感到，他对我还是有好感的，但不知道是哪种。我现在就像一个乞丐一样，天天积攒着他给我的每一个眼神和微笑，只有看着他，我才觉得有阳光有温暖，他不在好像太阳就没有了！我现在越来越离不开他，我怕哪一天控制不住。

我要不要向他表白我的爱？你也许会说我的幼稚和不切实际，可我就是爱他想得到他，心理生理都有，这还能算是柏拉图吗？我现在不能接受别的男生，所以妄图用别人代替他也不能够了！

看来，你的确是喜欢跟一些不可能的东西死磕，随便去翻几本心理学的书应该对你都有帮助。我倒不觉得你是爱得神魂颠倒，反而是怕得神魂颠倒——害怕正常的关系、正常的投入，所以冀望于一些障碍重重的东西，以把自己置于无助的位置为标准，甚至还把这种逃避弄得有声有色，款款动人——如果大家公认这是种痛苦，是一种自虐，但你还非要认为这很美好，那我也实在一点办法没有。如果你本人不希望更舒服一些，别人为什么要替你着急？

恋父情结也没什么大不了，这是心理学认可的一种情感动机。但是，未必要强调

它，认为只有那种已婚、已老、得不到的男人才最适合自己，这只能算做你对你父母不良关系的一种认可。为什么要被他们弄得失去信心？事实上，没有一段爱情可以提前比喻下一段爱情。

至于用别的男生代替也不可能这更是荒唐——请问，你跟你的主任（或是政治老师）的关系里有什么实质内容让你觉得不可替代？你们故事的主要情节驱动力都是靠你一个人的想象、痛苦完成的吧？你把犯贱当成你人生最重要的事情么？

去找一段正常的、没有被神化过的恋爱试试吧，看看没了痛苦，你是不是还能活得很好。end

我该听信算命的话吗？

很小的时候，我爸给我占了一卦，说我是一个超级难嫁出的女人，喜欢我的人，我看不上，我喜欢的人，人家看不上。小时候我不那样认为——命运在自己手中，不是算出来的。可到现在我不得不相信了。

我是一个银行里的柜员，和他差不多是一见钟情。虽然我比他大，但我还是很努力地去接近他。也许是我不够好看、说话不好听，他并不是很喜欢我。他对什么人都那么好，并不是特别对我好，可我还是会有错觉，有期望，希望。

有一天，他告诉我们的同事，所有的人都以为我和他是一对，其实我们什么也不是，什么关系也没有——我的梦破灭了。

后来，他还是对我那么好，我还是那样喜欢他，可他的话总是回荡在我心中，我开始回避他，还到处去说他的不是，其实是想告诉自己：他也没有自己想的那样好。可是，当看到他和别的女同事有说有笑的时候，我还是照样醋意四射。看到他不再对我笑，我又很后悔自己去做了那些伤害他的事。反正就是喜欢他，就算他不喜欢我，就算我做了那些伤害他的事。

这就是我的命运吗——喜欢我的人我看不上，我喜欢的人看不上我？

你只说这一桩，我很难就此评价你的命运。但从你字里行间，我看出你倒也乐在其中。纵然落花无意、流水无情，你也能继续花痴得有声有色，还能给这样的事件贴上“造化弄人”的标签。这才真正体现了爱情的最高级意义——所有爱情都只是一个人的爱情，有时连对方的反应都是多余，都比不过自己在心中构筑的狂风暴雨。不求互动，但求自己跟自己耍得开心。

但是，还是要残酷地将您拉回到现实世界，单恋是件很可怜的事，不管怎么去给它镶金边，咱们也还是不能吞金不是？为了预防这样的情形，我都建议各位单恋

中的女朋友们，即使很久没有人爱过，也答应我，要让自己拽一点，好吗？不要把人家给你打过一次饭、倒过几次水、交过几次电话费，就立刻当成“爱情来了”，然后以一级战备投身爱海了，好吗？可爱的人有很多，你也不要随地乱扔你的爱。否则扔多几次，你就习惯了，真的以为这就是你的命运了。碰到一个厚道人也就罢了，否则，不是逼人家说咱们贱吗？

另外，我觉得你爸爸真不怎么样。不管他是真会算还是假会算，怎么能从小就给你这样一个心理暗示呢？如果时光可以倒流，我建议他老人家给你的指示牌是：孩子，你样样红…… end

他是在耍我吗？

我今年 25 岁，单身。前几个月公司举办了狂欢派对活动，那天晚上大家都很 high，玩得都很疯。活动进行到一半，需要关灯游戏，我的上司突然深深地吻了我一下。我很诧异，但是没有拒绝。后来灯亮了，我们装作若无其事地继续一起和大家集体做游戏。他比我大 5 岁，已经结婚了，有个孩子。说实在的，因为平时工作的接触，我对他还是很有好感的。他很有能力，我对他有种仰慕的感觉，但是因为他已经结婚了，所以我从来没有过什么幻想。他的这个举动让我感到惊讶和欣喜。

第二天，他约我看电影。我不知道怎么就答应了。吃完饭去电影院的路上，他突然问去不去他家，我呆住了，一时不知道如何回答。这时刚好走到一个拐弯的地方，他捧起我的脸，又深深地吻我。那个时候我真的很晕，说不出是什么感觉……后来我还是去了他们家，接下来的事情不用我说了。

但是这之后，他再也不发短信、不打电话给我，平时 MSN 还是和以前一样说公事，甚至见了面也不怎么打招呼。我心里很难受，突然觉得好像被人耍了一样。我没有什么要求，也不想破坏他的家庭，我只想知道他到底怎么想的？我们之间的关系如何处理？这样说明白免得大家心里都累。我曾经鼓起勇气约过他，但是他拒绝了。我真的不知道他是怎么想的。他是不是认为我也是个随便的女孩，甚至认为我为了工作巴结上司，出卖自己的身体？所以我现在天天在受这种煎熬。我很想知道，他到底是如何看待我的？如何确定我们的关系？他是不是真的喜欢我呢？我是否要找他说清楚呢？如果我再次约他又被拒绝了怎么办呢？

在恋爱圈里，有一条资质是你至少要必备的——就是要勇于承认自己被耍了，勇于承认即使视力再好的人也有可能踩到屎。

你不能继续为一坨屎再去找任何借口，或任何使之合法化、美化的方案，更不

要来问我那坨屎到底是怎么想的、它是如何看待你的——有意义吗？

对于男人来说，一夜情仅仅是多搞了一个女人，仅仅是最低层次地满足一下，根本就“累”不到他，跟你所期望的“确定正常关系”更是还有十万八千里的距离。你要从这次失身事件里开始适应男人的思维方式，同时也要培养自己对这些伎俩的免疫力。

我不相信你是真心希望跟一位以迅雷不及掩耳之势就把你按上床的男人谈什么天长地久，你只不过希望使这次非常 normal 的性行为看上去不至于那么没营养、那么没意义。其实，你仅仅是因为自尊心无法接受这么被人晃点。

因此，学乖才是重要的，而不是继续冀望那个男人再帮你把自尊心给圆上。

这种一夜情可以带来的“余温”、“颤抖”，大家都可以理解，或许真的美好，但所有美好的都在那一夜播放完毕了，之后的，如果你再去纠缠，就是你自找羞辱。

可以建议的是，放洒脱一点，不要让他感觉到你的在乎，否则他身体爽完，虚荣心又爽一道，那您可就真的亏大了。end

让人神魂颠倒的我居然爱上他

我今年 23 岁了，已经跟许多的男孩谈过恋爱，可是一个都不愿意和他们步入围城。我也不知自己是不是坏女孩，我喜欢和好多人谈恋爱，喜欢享受恋爱给我带来的快乐。

我在同事眼里绝对是个人见人爱的乖乖女，很快乐但少话的那种。其实只有自己心里最明白，私底下的我跟她们想的相差太远。我叛逆，在网上可以跟许多的人谈恋爱，甚至让好多人都有一种冲动想要见我，可是我都一一拒绝。在现实中，只要一下班，我都会和男孩子出去玩，不过我还是有那么点自制，不跟他们有任何的身体接触。

可是，让别人神魂颠倒的我竟然犯了同样的错误。我爱上一个男孩，我知道的仅仅是他的名字，还有一张他的照片。他可以在网上一语道破我的内心世界，他是那么地了解我，说我是生活在这个世界的双面人。白天是一个天使，晚上就是一个可怕的灵魂。我跟他承认自己是这样的人，我们谈得久了，我竟然离不开他了。

我不知道他的任何信息，只有一个电话号码是我再熟悉不过的，我每天都无数次地按着那个电话号码，可是从来没有拨出去。为此，如果一天没有见他上网，我就会猜想他正在做什么，是不是有人喜欢他。

我是不是爱上了这个男孩？我真的好想见到他，甚至有种冲动，想吻他。我现在好烦，真不知如何，请你给我分析分析好吗？

有一种女孩，一辈子不想长大，她们当中有一些人的表现就是你这样的——谈过几次恋爱就以为自己洞悉了爱的真谛，以为自己掌握了男人世界的命门，有了一种与众不同的优越感。不要抵赖，否则你怎么会觉得爱上某个男人是你所犯的一个“错误”？难不成你的榜样是木子美姐姐？想练就一身雁过不留痕、恋爱不湿身的好本领？

这世道，自恋和滥交都是非常容易办到的事，难的是要你静下心来好好爱一个人，你会爱吗？知道什么是恃宠而骄吗？

你的来信里，到处都可以看到典型的青春期姿态——什么“叛逆”、“双面人”、“白天是一个天使，晚上就是一个可怕的灵魂”……你那也算内心世界？你就是这么认识你自己的吗？如果你给自己的定位是这么污七八糟，那我建议你还是不要打电话给你那位心仪网友了，真是怪吓人的。end

我应该去见网上的他吗？

我是一个 18 岁的女生，现在跟一个比我大 5 岁的他交往。我们分别在两个城市。虽然说离得不远，但对于我来说距离很远。

我们是通过一个游戏认识的。本来只是在游戏里称呼老公老婆的，可在 QQ 里的聊天，渐渐让我们对彼此产生了好感。有一次我们在开玩笑的时候，他突然问了一句："你说我们在现实中有可能吗？"他的这句话让我吃了一惊，我回答说："如果我长大点，或许我们能在一起。"

就这样，我们就像私定终身一样从游戏转到了现实。周末我们就在网上一起玩游戏、聊天，我上课的时候他就打电话过来，长距离的恋爱真的好辛苦。

我很想跟他在一起，他也说过希望能来我这儿，或者是我去他那儿。但是我爸爸管我很严，从来不让我在别人家过夜，更别说跑去安徽了。于是我跟他约定好，等我明年毕业出去实习的时候，去他那儿。他听了以后很高兴，好像一直期待我能去他那儿。

我是一个长得很一般的女孩，有点点可爱，包括性格。虽然我们视频的时候他说我好可爱，但是我怕我们真的见面，不知道会不会像恐龙见了青蛙那样。我说毕业实习的时候去他那儿，其实自己都没把握。一我没钱，二我不识路（虽然他说只要坐上火车就没事了，但是我怕我还没坐上火车就丢了），三如果我去了，我该怎么跟家里交代？一去起码要两三天。我现在很烦恼，不知道我们两个有没有可能，也不知道到时候我是不是该去。可是我真的很想跟他在一起。

先不说网络恋爱有多不靠谱，退一万步说，也应该让男生来看你。你即便一、二、三条都搞定，顺利出现在他面前，那还是会输掉场子——在客场想占先机怎么可能？你为什么要巴巴地跑那么远令自己完全陷入被动呢？先不说什么安全措施，万一你们真的互相吓到了，你难道连夜再飞回家去吗？不怕一路上哭晕过去的？

而且，如果他连来看你的诚意都没有，以后你们怎么发展？你的爱情就全靠你自理？

并不是说让你从小就开始在感情上斤斤计较，而是说，在没人保护的时候，要先做好自我保护。在爱情里当然要有冲动，但也请先确定了人选再冲动不迟。如果对着一张照片和几屏对话记录，就让你冲动地大老远跑去投怀送抱，未免有点傻。建议你可以上网先搜集一些网友见面的故事看看，做好足够思想准备。如果那时还有冲动的话，你就上路吧。end

该不该给大众情人写那封信？

我是一个刚刚从学校毕业的女孩子，离开学校的那天，我写了封信向我一直暗恋的那个男孩子表白了。第二天我就离开了那个我住了十几年的城市到外面闯荡，我一直都觉得他对我并不是没感觉的，也许那是我对自己的安慰吧，但我还是没勇气听他的回答。

他是学校里说的那种混混，应该可以说是个大众情人吧，我知道我爱他真的是一个不应该发生的错误。但是，爱了就是爱了。大家都说爱一个人应该让他知道，我不知道他有没有收到那封信，但我现在都不知道下次见面的时候该怎么办了。虽然写信的时候我就想到了会发生的一切后果，但我还是很怕，怕我们班的同学知道。我知道这也不是什么见不得人的事，我现在觉得我并没有写信前那时候那样喜欢他了，我怕如果他也喜欢我，但是对他却没什么感觉了，他会觉得我是在耍他，真的很让人郁闷。

如果当初我没写那封信的话，就不会有这些烦恼了。

听过叶公好龙的故事吧？要是这位“叶公”给我写封信的话，估计也会说“其实我当初是真的很喜欢龙，但是并不代表我想看到它呀，我也就是当个业余爱好打发时间而已……”

当初既然可以那么勇敢地表白，现在怎么不能为那次表白负责任呢？如果你胆子是这么小的，那我建议你下次所有的交际事宜都不要以书面形式呈现吧，免得有一天人赃并获。

另外，你真的没有更重要的事需要去动脑筋了吗？在这种小事上把自己搞得焦头烂额，虽说谈恋爱不需要大刀阔斧地进行，至少要有点利索劲儿吧？如果大家都沉浸在曾经乱给谁抛过媚眼、传过纸条的小屁事里不能自拔，那我们真正的爱情事业该怎样进行呢！end

他为什么总是忽冷忽热？

我23岁，所学的是建筑专业，在大四上学期的时候报了室内设计软件的课程。那课由一名姓李的26岁的老师教，他课讲得很好，很有才华的一个人。后来他推荐我去一家装饰公司实习。在我上室外班的时候就经常在QQ上向他请教一些做图方面的技巧，而在他介绍我工作之后交流就更多了，也开始闲聊了，聊的话题很广泛。时间长了他就给我说他每天干了些什么，他的理想，他没有吃饭，他胃痛，他的烦恼。晚上熬夜做毕业设计的时候他也叫我无聊就可以给他发短信。我在工作和生活中的事也会跟他说，受了委屈也是第一个跟他说，有一次坐车太困过了站也跟他说。

经过好长一段时间的思考我确定我喜欢上他了，但我知道他有女朋友，听人说他对他女朋友也很好，我很困扰，也很心痛。

我长这么大都没有谈过恋爱，以前也只是对两个男生有过好感，但跟对他的感觉完全不一样，我每天听到短信声音的时候都希望是他发过来的，聊天的时候最怕跟他没有话说，他说他不舒服的时候我很担心，想去照顾他……

他给我感觉总是忽冷忽热似的。我本来想放弃他的，又舍不得。今天我鼓起勇气发短信跟他说我喜欢他了，他回复说要我安心的把技能学好，说这是我现在第一要做好的。下午的时候他又主动发来短信跟我聊天，好像就是想让我知道我们还是能和以前一样的感觉。其实我就是想问他我跟他有没有可能，如果他说没有的话我就放弃他，等待下一个我喜欢又喜欢我的人。但是他现在这么说我还是不明白。也没有结果。

→

我很困扰，我不知道他是怎么想的，也许他以为我现在只是在依赖他而不是喜欢，我也不知道。请你给我一些建议。

我的感觉是，你这位老师就仅仅是想把你保留在灰色地带。此地带的特点，一是无须名正言顺，无须付出实质上的体力脑力；二是可以有 N 个同类地带同时存在。对一个男人来说这没什么难理解的，在官方女友之外，还有不少多余的多巴胺需要安排。这种安排既要合法，又要出效果，于是就有了暧昧这个词——人家多出来的力气，你却打算抡圆了胳膊上场，这显然不合适。恃强凌弱的下场就是：把人直接给吓跑了算。

你还附加了很多你对此老师的恋爱日记给我。我的忠告就是，写日记是件很容易把垃圾推上神坛的事儿。多糟糕、多不明底细的恋爱对象，一旦被你自己先给神话了，自然美不胜收，自然会舍不得。文字到底能带给我们多大的想象空间，你晓得的吧？所以，到底是在舍不得什么，你自己去想。

最好的办法就是，权当他是你打发学习技能期间的调味剂吧，聊聊天得了，真要怎么着，也先等他来点实质冲动再说。end

他成了我最好朋友的男友

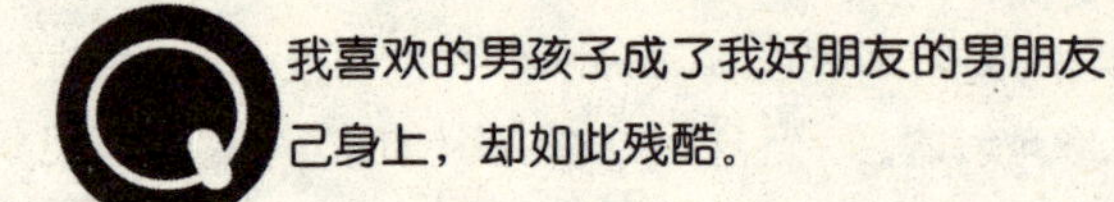

我喜欢的男孩子成了我好朋友的男朋友，很老套的剧情，可是真真正正发生在自己身上，却如此残酷。

我拼命想忘记，只要我忘记，我一个人的退出，也许会成全三个人的幸福。可是，我现在陷入自卑，觉得处处不如朋友，难过到哭泣。甚至，我现在嫉妒她，或者说记恨她，我不想这样的，可是我做不到。

这次，她买了和我一样的衣服，明明我先买的，明明我身材不如她，她却故意这样做。我很讨厌她。我该怎么办？拜托救救我吧，我怕长久这样下去，我会疯掉。

最近在看韩剧《宫》，里面有很适合你的主题。它始终都是在讲，做一个嫉妒者，是多么悲惨的事。即便别人的恋情正经历最痛苦的阶段，至少那份痛苦是属于他们自己的。而作为嫉妒者，没有一件事跟他有关，他却可以把自己搞得跌宕起伏。

处理你这种关系，我认为如果你心胸没有宽大到一定程度，就没必要继续在你好友身边装成老好人，讨厌就是讨厌了，不想当朋友就绝交，不宜在所谓的“成全”里自我陶醉，把自己越想越伟大，那只能助长嫉妒情绪。稍微把握不好，没准儿有一天还会当恶人。

嫉妒就是嫉妒，它不可能开花结果，所以，绕行吧。end

大学里真没有成熟一点的爱吗?

我和他是同在大学的一个组织里相识相熟又相恋的。他是那种校草类的，很多人喜欢。他也在学校交过几个女友，但我相信他不是别人所想的花心，只是没有遇到对的人罢了，而我以为自己就是对的那个人!

开始一切都很好，可交往了七个多月后我明显感到他的冷淡，我也蛮累的。他提出了分手，我当时真的很难过，也一度想挽回（我是他交往时间最长的一个）。

在一个组织的时候我还不得不当作无所谓，眼见着他跟别人说笑，眼见着他又有了新的一个女友。我也知道组织里的人会怎么看我，所以我现在选择离开，在那里我已经感觉不到谁会在我的身边协助我了，我真的决定放弃。可是为什么会变成这样，当初那么对的一个人会变成这样错，明知道和他不会有什么结果，却还是想他回到我的身边，哪怕毕业就代表着分手！大学里就真的没有成熟一点的爱吗？他为什么就不能体会到我的珍贵呢?

大学里为什么就没有成熟一点的爱呢？这个问题相当于问——幼儿园里怎么就没有一米八的小朋友呢？大学期间本来就是恋爱的初级培训班而已，你以为你可以跟人家耗下去就代表你更成熟？你认为那是对的，人家认为那个“对”只够维系七个月的，有问题吗？为什么他非要觉得你珍贵呢？刘德华那个患瘾病的歌迷，还认为她暗恋刘德华十五年很珍贵、他们俩“很对”呢，有用吗?

不要被言情小说骗了，风流男不玩到他们累，是不会停下风流的，哪那么容易在大学时代就被垄断了呢！所以，你也没什么好扼腕的。万幸你找到的这位还比较有道德，没感觉就与你分手了，要是同时在你组织内部劈腿，岂不是更恶心?！ end

为什么所有男生我都追不上手？

我见到一个顺眼的就想去追，一看他不太有和我发展的想法就特伤心，又继续寻找新目标。也不是没男朋友不能活，但看见好的就是忍不住想发展发展。目的不纯的交往总不能展现最真实放松的我，最后弄得都挺尴尬的。

其实我条件不错，但20岁了还没真正谈过一次恋爱。很多男生喜欢我，但追我的我就是看不上，我喜欢自己追。我跟花痴似的，主动追过或接近的男生有六个，看上眼的十多个，这些人都没想过要追我。我一直在练习“女追男的最高境界就是让他觉得是他追你”这句话。

你这么有竞赛心理，完全可以去参加奥运会了。但是爱情真的不是“超女”比赛，并非一定要展示出你“最佳的实力”或是飚高音炫技。再说，就算你真的飚出一个海豚音，评委也会告诉你：不要跟技巧死磕，要适当投入感情。人和乐器是有区别的。

你是自诩练了葵花宝典吗，为什么一定要自己追来的才行？还要练习“女追男的最高境界就是让他觉得是他追你”之类的高难度动作？是杂志上提倡过的高招你都要领教一遍？你把自己当恋爱试验田么？

你这恋爱主要靠追，跟唱歌主要靠喊没什么区别。你的积极性完全调动错了方向。别再去吓别的男生了，好的恋爱靠天成。那个人到来时，就算你还在睡觉，他也会直接掉进你怀里。不需要像个斗鸡似的，随时准备将人攻下。反之，若机会未到，你就算在家闷头练多少道神功，也只能当个永远的“孤独求败”。end

那个我配不上的男人

以前我在一家餐厅打工，我们餐厅的店长很帅，人品又好，总之是难得的优秀男人。他的身边不乏女人，虽然我认识他的时候他和女友分手了，我从来没有非分之想，是不敢有，因为那时我还在读书，没有经济基础，我们之间现实的悬殊很大。

直到有一天我从别人那里知道他是在乎我的，我简直不敢相信。我知道人们能够认同灰姑娘与王子的童话，是因为至少灰姑娘还是绝世美女，可我实在没有什么，我真的觉得我们不合适，我不配他。

可是他或许对我是喜欢的，暗示我时我总是回避话题，我知道是不可能的，因为现实。后来我辞职了，可之后这一年中我发现我是很喜欢他的，我很痛苦，我很自责为什么在认识他之前我没有努力，让我能够配得上他。我真的很痛苦，是不是我的感情都会因为现实的可怕化为泡影。

我真的很不同情你的痛苦。曾经明明就是一块馅饼摆在你的面前，你却没有珍惜。多少人为馅饼前仆后继，你却因为怀疑自己的胃口将其错过。有自知之明固然不错，但自知之明这个东西如果是拿来惩罚自己的，就应该适当克制。

你是打算身价过亿之后才觉得有资格恋爱吗？你觉得“匹配的”恋爱，主要是靠双方财务状况持平？我看你这位馅饼都没有这么俗地想问题。你这样的谨慎和上进，每天往自己额头上大写“要面对现实”的人，恐怕很难不继续上演“后悔”三步曲。恋爱本身就是件非常不现实的事，还真是不适合你这样的思路。为了不被现实它老人家给吓死，你还是放下你那点无聊的自卑吧。end

暗恋七年口难开

我性格内向，外冷内热。初中时暗恋一个男生，他学习成绩好，人稳重内敛，是老师眼中的好学生。我感觉配不上他，从不敢奢望他喜欢我。初中毕业后他考入了重点高中，而我和他至今也未曾见过面。现在，我在一所民办学校上大学，而他也考上了首医大，感觉自己跟他更是天壤之别。

回首看来，自己已默默喜欢了他七年。我曾试图忘掉他，可真的忘不掉。我好矛盾，一方面，我还是学生身份，父母供我上学不容易，应该专心学习报答养育之恩；另一方面，克制不了对他的感情，一直想他。尤其是刚毕业那一年，时常梦到他。每想到他心情总是复杂的，有小小的满足，但更多的是心痛！或许“单”就是痛因吧，单相思……

有时我也很怨自己这种内向的性格，导致我没有一个异性朋友。听人家常说初恋一般是不会有结果的。我把他视为自己的 first love。不知这份感情如果让他知道，对他会不会是一份负担或累赘，如若这样，我倒宁愿他不知道，因为我不想给他带去任何不安或负担。可长期这样也不是办法呀！该怎么办才好啊？

你这七年完全不能叫做初恋，明明是没得恋。要是什么人七年只想一件事儿，那就算是想越狱的也该早就逃到拉斯维加斯了。但你的境界却相当不俗，可以彻底做到只想不做，只退不进，毫无功利心，毫无目的性，把那位当一尊佛像供起来——你是没别的教可信了么，偏偏要信一个“初中男同学教”？就算是《一个陌生女人来信》里那么拧巴的女人，也知道写个信什么的，不至于让自己憋

→

出病来。

单恋也可以让你自己玩自己玩上七年，这说明你有多么强的自我控制力啊，随时随地都要保证不能让自己痛快了。“自卑”、“学业”都是你用来控制自己的道具。因为打不开自己，所以没吸引到别的男生，所以给自己找了一个“七年”这样的大借口，仿佛自己是很有的忙的、很有想法的，甚至是很悲情的。

我觉得你根本也不是想和你的“臆想初恋情人”有什么实际进展，只不过是在把人家当一只巨型安全套，保证你可以安全地躲在他的庇护下，这样你才有可能缓解你的现状带给你的压抑，并解释为什么你“没有异性朋友”。

你这不是缺乏精神支柱，是缺少一个随便什么的肉体支柱……赶紧的，缺哪儿补哪儿吧，再耽误下去，就该结蜘蛛网了。end

他结婚了，我就差一步

我 25 岁，生活在单亲家庭。从小便在不和谐的家庭中成长，对爱情与婚姻有着深深的不信任和恐惧。后来在去哈尔滨的列车上认识了他，得知我们竟然工作在同一城市，颇觉有缘，后来就不时会聚聚。他是一个很传统、事业心极强的人，只是讲话比较直接，我拿他当一个好相处的异性朋友。

一天，他讲了三年前的一段痛苦感情，并告诉我他现在有一个经人介绍只见过数次面的女友，按他家人的意思，没有问题再过两个月就要结婚了，他说和我相处的这段时间觉得我就是他一直要等的人。突然的表白让我十分惶恐，我拒绝了他，说自己有男友了。之后我们依然联络，只是电话中他那遗憾和伤痛的话语偶尔让我难过。

突然在凌晨两点被电话吵醒，气愤的同时听到他沙哑的声音："我明天就要结婚了，我觉得自己像是被押往刑场的犯人等着被处决。"他哀伤的话语让我痛到极点，泪在心底悄悄流淌，我明白这次我是真的动心了。

婚后他返哈，我们见了面。我眼里流露的感情未能躲过他的眼睛，我们彼此吸引着，他的温柔与照顾让我开始习惯依赖。我知道这是一份迟来的爱，我知道我们不该见面的。可这一切都发生了，他请求我给他时间与妻子商议离婚。我该信任他吗？请告诉我是该放弃？还是不放弃？

你真是能把"不见棺材不掉泪"这一成语活学活用，充分利用到你的生活实践中。一个"对爱情与婚姻有着深深的不信任和恐惧"的人，可以在别人刚结婚没多久

就过去拜访，按照你的逻辑，你应该更怕怕才是呀！所以，我还真的是没看出你有多恐惧的。你见过哪个怕鬼的人会三更半夜跑到坟场上玩的？所以，以后请不要乱用一些片面的心理学概念来暗示自己，否则这种二把刀一旦生了心病，治都不好治。

你的二把刀果然把你自己给耽误了，让人家临上刑场都没拦下。那么，人家结婚后，你又跑过去是为什么？为了给另一个女人也造成“深深的不信任和恐惧感”？是不是有人抢着才能好好吃饭啊？为什么合情合理并合法的时候你不冲呢？

这种结婚两天就能离婚的男人，你就不怕抢到手之后也会给你造成进一步的“不信任和恐惧感”？他那么有魄力，为什么连结婚都阻止不了呢？

你们两个脑子搭错线的恋爱有什么好谈的！end

爱上一个我配不上的男人

我跟他是在网吧认识的，他很帅，是我先接近他的，但我从没想过会和他在一起，因为我长相一般，跟他一起就像是王子和丑小鸭。他也很聪明早知道我喜欢他，当他对我说喜欢我的时候，我也答应了。因为他喜欢淑女，而真实的我是一个活泼好动的人，为了他不自觉地变成了淑女。跟他一起虽然很开心，但也很自卑，怕别人说我配不上他，所以什么事都做得小心翼翼。他对我很好，但我会想如果有一天他发现我不像他所想的那么文静，他还会喜欢我吗？不久之后他说他要离开这个城市，那一晚他喝醉后对我说，是因为我喜欢他，他才喜欢我。这让我更不安。他走的前一晚我们发生关系了，他哭了，说我还小，他会负责。后来我后悔了，不是后悔跟他发生关系，而是我希望他对我的好，只是因为爱我，而不是夹杂着负责。我到现在还对自己没信心，不相信自己有足够的能力让远方的他还继续爱我，我该怎么办？

你这样的方式，有点要将此男妖魔化的趋势。一旦某人被妖魔化，你当然会觉得坐也不是站也不是。即便人家真的上赶着爱你，你也会吓到怯场。如果看一个人都根本是雾状的，那又谈什么拿下？保持冷静，是你不会输掉的首要条件。其次，你可以做的都已经做了，甚至做得有点过火，几乎没给对方任何出力的机会（最后那次一夜情不能算），连人家以后不对你负责你都可以接受——这根本也不是平等恋爱的架势。所有大包大揽式的恋爱都总有一天会失衡的。

但是，如果你的目标就是致力于给自己养个大爷出来，那我就不好说什么了。各取所需吧。end

降低标准，就可以谈上恋爱吗？

我大二了，可是还没有真正地拍拖过，呵呵，想想也真够失败的。可能是我要求太高了，高不成低不就的，我应该继续坚持心目中的白马王子要求还是降低标准谈恋爱？

很多女生把自己最终找到真命天子的过程，描述成一次降低标准的过程，好像各个都经过一番自贱身价、迂尊降贵，然后才不得不接受现实。

首先，现实没那么坏；其次，你也未见得有那么好——可以配得上你自己所谓的标准；再次，你作为一张白纸，哪里来的标准呢？就好像让一个婴儿去谈论一下他未来的理财计划，他用什么谈？唯一的标准就是现实，我还没听说现实会为谁任意降低或拔高的。end

忘不了健身教练

我认识了一位健身教练，我很喜欢他，但他拒绝了我，说他有女朋友。我觉得都是单身，公平竞争嘛，我多次发短信他都没回，最后他就把号给换了。我很伤心，觉得自己太贱了，老骚扰人家，但我真的很喜欢他，忘不了他。

我原以为随着时间的推移我会慢慢淡忘，但恰恰相反，我还是很想他。我也开始试着接触别的异性，但还是没有用，我的心都快裂了，影响了日常生活。其实我和他以前见面也不多，都是发短信。我还想去找他，但觉得自己很贱，如果他要和别人结婚的话，我会终身遗憾的。请问我怎样才能忘记他？我还能去找他吗？是不是太贱了？是一点可能都没有了吗？

健身教练的话……你能确定你到底用哪儿喜欢人家吗？如果大家只是在挥汗如雨的健身房里有几个目光来回，怎么就至于让你心都要裂了？心没那么容易裂的，我看是你的捕猎行动受阻才导致这些抓狂举动。一个人要是乐此不疲地跟任何人都要验证一下自己的魅力才能爽到的话，那真是很悲剧。

你不是太贱，是太把自己当人了。教练很不错的，坐怀不乱，否则又为一个小女生的虚荣账簿贡献一个人头，以后不知还要害多少人。end

害怕被甩，就主动拒绝

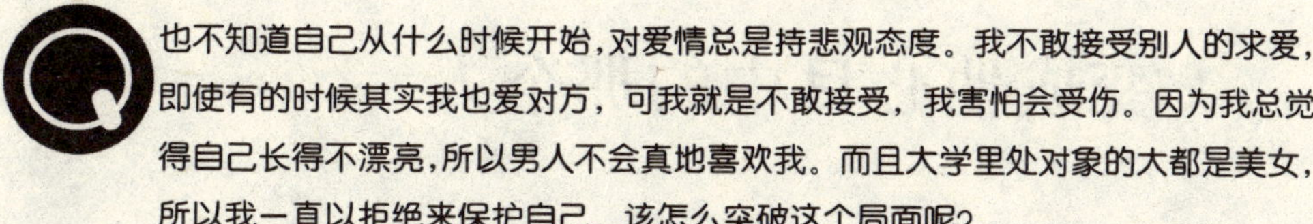

也不知道自己从什么时候开始，对爱情总是持悲观态度。我不敢接受别人的求爱，即使有的时候其实我也爱对方，可我就是不敢接受，我害怕会受伤。因为我总觉得自己长得不漂亮，所以男人不会真地喜欢我。而且大学里处对象的大都是美女，所以我一直以拒绝来保护自己。该怎么突破这个局面呢？

要是阅人无数之后悲观，我倒还能理解，可你这都还没悲过呢。出门就肯定有被车撞的几率存在，是不是大家就悲观得不要出门了？对付这种悲观的常规办法就是，学会过马路、看红绿灯、看指示牌。你这种超级没自信的，必须矫枉过正，直接把自己扔在闹市区的车流中央。

古龙似乎说过，想要不被人杀，就要先杀人；想要不被拒绝，就先拒绝。在我看来，这都是弱者说的话。你见过哪些绝世高手，需要先把其他高手下药毒死了再称王称霸的？还不都是在“来的都是客”的气氛中一一歼灭！真正的高手们需要怕什么呢？你确定你对自己过度保护的同时，不会剥夺自己更多的乐趣？

还有，男人显然也没你想的那么令人“悲观”，不挑美女的大有人在。end

变成他心目中的那个人

我爱上了一个比我大 15 岁的男人，他还没有结婚也没有女朋友，而且他还是我的上司。

我是真心爱他的，决没有其它的因素在里面。他非常优秀非常有能力，他今天的成功全是靠自己努力得来的。因为他是孤儿，从小就没有家庭的温暖，所以我爱上他希望能够给他一个家的感觉和温暖。

但是我们之间很复杂，当他知道我喜欢他的时候他什么也没有说，只是要我先证实自己的能力以后再说。

我今年 20 岁他 35 岁，你说我们可能吗？因为他曾经说他需要的是一个有能力的女人而不是一个小孩子。

为了能够和他在一起，我努力把自己变成他所需要的那种女人，你说我付出了那么多他会知道吗？会爱我吗？他很现实而且大男子主义也很严重，麻烦你告诉我，我们之间可能吗？

其实我不告诉你更好。你上司这分明就是在培养你，希望靠这种奖励机制，促使你成为一个优秀的人才，而不是才 20 岁就被一桩没来由的单恋搞成一个惶惶不可终日的女花痴。

作为旁观者，我当然认为在 20 岁时成为一个人才比成为一个花痴更有价值。至于当你真这样高标准、严要求自己，之后果真变成一名优秀女人时，我不认为

→

你还会想起你当初的动力来源，也就是说，你那时不会再问自己“他会知道吗”，他知道得着嘛！

那么，就把爱情转化为生产力吧……到时候，哪怕是被拒绝也会比现在来得容易承受。end

我为什么会吓跑男生？

我活了 19 年，都没有一次真正意义上的恋爱。 要么是暗恋，要么是暧昧，要么是网恋，要么是异地恋……从没有一次可以两个人手牵手以情侣的身份出现的。我怀疑是自己的性格和爱情观使然。

我虽不漂亮，但会把自己打扮得比别人略胜一筹，自小有种高高在上之感，幻想男友一定要又帅又多金。百般挑剔。一个人有一点小缺点，就会被我无限放大。我渴望爱情。可笑的是，还没有一个男生跟我表白过。我不知道是不是自己太骄傲自大，太盛气凌人把他们都吓跑了，还是我花钱如流水的态度使他们望而却步。我总是花很多的钱去买新衣服，去打扮自己，让自己引人注目。我想知道，我的爱情怎么样才会来？

张爱玲说得有道理，遇到胡兰成时，她“低下去，低到尘土里”，那是什么劲头。她都钻到土里去了，怎还顾得上穿衣扮靓，怎还有机会骄傲——你才 19 岁，想被人征服一下机会还多的是。真的等到那个让你上心的人出现时，我不认为你还会有“盛气凌人”的问题。除非你的青春期是超长加宽的。

你现在也没什么“爱情观”可言，“暗恋、暧昧、网恋、异地恋”，都还没上手呢，就不要先给自己穿上一层无用的盔甲吧。打扮自己是为了让合适的人能在茫茫人海中一眼认出自己，而不是为了把自己藏起来。与其花大部分时间来练习掩盖外在缺陷，不如抽点时间来研究一下如何弥补自己内在的缺陷。我看你还是很有希望的。end

我是否真的不够漂亮？

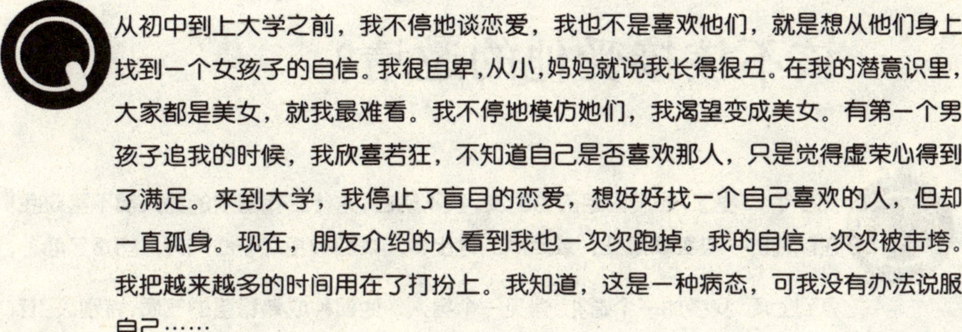

从初中到上大学之前，我不停地谈恋爱，我也不是喜欢他们，就是想从他们身上找到一个女孩子的自信。我很自卑，从小，妈妈就说我长得很丑。在我的潜意识里，大家都是美女，就我最难看。我不停地模仿她们，我渴望变成美女。有第一个男孩子追我的时候，我欣喜若狂，不知道自己是否喜欢那人，只是觉得虚荣心得到了满足。来到大学，我停止了盲目的恋爱，想好好找一个自己喜欢的人，但却一直孤身。现在，朋友介绍的人看到我也一次次跑掉。我的自信一次次被击垮。我把越来越多的时间用在了打扮上。我知道，这是一种病态，可我没有办法说服自己……

生过病的人都知道，平时心急上火，疼痛都还是走上次那个伤口。所以经常会有像是天天都在牙疼这类事儿。就是说，你有没有想过，人家看上你或看不上你，可能都不是因为你的长相？只是你自己在长相那里受过咱妈的暗伤，所以统统当补药吃了。

好的爱情确实可以增强自信，转移你的注意力，而且一个就够了。你前面那些走量的，应该是都不够好，没好到能转移你注意力的地步。所以我的建议重点是：别夸大伤口，别带着治病的企图去找恋爱，否则很容易被嘴巴甜的坏人拐跑。end

该不该接受他的邀请？

我今年23岁了，还没固定的男朋友。我不明白，为什么我喜欢的男人都不喜欢我！在以前的一次次或疯狂、或默默的付出中，我都被拒之于心门外，伤透了心。

直到上周，我参加一个婚礼，遇见一个男人。他那种成熟稳重的气质，特别吸引我。席间我们一直聊天，他很成功，是本地人，目前在外地出差，过两年就回来。最后他还送我回家。分别的时候，他邀请我今年夏天去他那里玩，他包一切的费用。

回家我给我妈和朋友看我们的合影，他们都说这人一看就是根油条，让我自己注意些。当时我能感觉到他对我还是有些好感的，但是，打从分开到现在，我们就一直没有再联系过。我不敢太主动，因为我怕这次又和以前一样。我就想问问，我这次应不应该为自己主动？如果他邀请我去他那里玩，我到底要不要去？我是很想去的……

人家一个随口的寒暄，你就这样千里迢迢跑过去，就算是正人君子也会以为你是送外卖的，然后还跟你玩始乱终弃那一套，抛弃的理由也十分正当有力。你可受得了？就算你一心想跟人好好交往，你一上来就这么心急、主动，不担心他看轻你？你还是等他表现出足够的诚意之后再做决定吧，而不是一个婚宴后酒精催发下的心血来潮，否则会“伤透了心”again。

另外，有时父母的话是值得一听的。我还没看照片呢，怎么也觉得这男的有点老油条？end

该不该停止这场暗恋?

中学时暗恋一男生，到现在已经六年。一次小型初中同学聚会遇到他的好友，得知他现在还没有女友。这次聚会使我重燃起对他的热情，但这几年的经历让自己很犹豫：想要再等几年，继续修身养性，完善自己，却怕错过了机会，失去了缘分。

要了手机号，原打算“按兵不动”，静待三年再见，这些日子却难以静下心来，在网上疯狂搜寻他的信息。一年后毕业，他考本校研究生，而我则要出国，貌似结果很明显了，但我仍抱有一丝幻想。这时候我逃避选择，只怕自己冲动发出带有爱慕之意令我后悔的短信。非常想听听你的意见。

我不太明白为啥要先“修身养性、完善自己”，再去表白呢？在家闷头苦练眉来眼去剑吗？爱情世界里恐怕不需要先考到证书，再出去“找工作”吧？不都是一边实践一边修身养性？哪会有准备好的一天？多少个姐姐三十好几了还都忙着充分准备呢，你觉得她们准备得还不到位？

要我看，直接用短信或电话先传达出去，把这事儿的性质先定了，免得都还不知道是何等货色，就左三年又三年地活活吊着自己。好歹要先把“爱情”这个事件所需的人头凑齐了，然后你或许会经历惊喜、失望、等待、煎熬等等正常情绪——这才算是真正的修炼啊。闷头练的都不算。end

不好看就没人追吗？

Q 我今年大三，从没恋爱过，大一时主动追求一个男生失败了。我从小就很自卑，单眼皮加上满脸青春痘，一直觉得是因为我长得丑没人会喜欢我。追他失败后更加深了这个想法。我想把从恋爱里得不到的从学习和社会实践中补回来，于是大把时间用来泡在自修室里，可还是不快乐。我怕这种自卑心理很可能让我以后一直对恋爱有恐惧，就算对我有好感的男生，我也觉得只要他们遇到比我漂亮的就绝对不会要我了。我的消极情绪一直存在了好久，请你帮帮我。

A 我记得大美女丽兹·泰勒说过一句话：大多数漂亮女人照镜子时，也会第一眼看到自己的缺点。这个话，对小脸儿总是不满意的同学听了或许可以获得些平衡。世上估计没几个女人对自己相貌完全满足的。所以，从心理基础上，所有女人都差不多在同一起跑线上。

皮肤的问题有那么多种改善办法，只要不懒，相信都能解决。积极地去找解决办法，远比你躲在图书馆里进行类似“长得丑没人追”这种天问要强得多。

不好看但是魅力四射有人追是有可能的。不太好看，却怨气十足的，恐怕真的是很难熬出头了。美貌上拼不过，咱好歹也拼口气。end

甲混蛋，乙天使

——“相处”问题

●又虚荣又精明，兴许能过上阔太太的好日子。要是又虚荣又笨蛋，就完全没可能了。所以，我很怀疑周围追你的其他人，是不是另一群演员。

●好的恋爱会让人成长，而你们这种关系，只会把你男友再带回子宫时代。

●不仅不能在精神上倚赖爱情，经济上的倚赖更可怕，这会让我们怀疑你只是需要您的爱情赏你口饭吃、给你个地方住。若是这样，那就不要冠以爱情的名义。

●为什么把一年做掉三个小孩这样的事说得像搬走一棵大白菜那么轻松？你不知道世界上有一种东西叫避孕套吗？

●如果一张脸就可以带给你爱情的全部感受，那咱找一张梁朝伟的照片来是不是也可以过一辈子啊？

●谁还没个感情啊，如果感情可以解决一切问题，那大家还抢银行干吗？

●我确实也没看出来他对你这个人有多满意，倒像是在给自己四处扎款、找流动资金呢。

●男人在事业不爽的时候，形同被废，做男人的乐趣丧失了大半根本无心恋爱；而女人不管啥时候都处于候场区。

●承认被一个混蛋给办了就这么难吗？你觉得被这种人办一辈子就是你的胜利了？

该不该委屈自己，放弃我的前途？

我和我男友好了两年多了，我在上海上的大学，他留在我们家乡读专科。毕业后，我父母不想我回到我们所在的小城市，希望我在上海好好工作，可是我执意要回来，于是我在家乡的省会找了份工作。我希望我男友可以来，我想这样比较折中一点吧。

因为我的专业回到家乡的小城市很难有合适的工作，而我男友觉得他的学历很难在省会城市找到好工作，以后会有经济问题。所以他希望让我回去，说随便打份工也好，否则我们是不可能在一起的。

为这事我们快闹分手了。我现在很矛盾，回去的话可能也免不了争吵；不回去就要分手，我又承受不了失去他，都快想疯了也没答案……

他是个男的，没办法给你更好的生活也就罢了，还要把你朝低处拽，拽得跟他一样低你们就般配啦？我觉得这不该是你的难题，应该是他的。他应该考虑可以为你的幸福做什么。凭什么都就着他舒服、他方便呢？

你若一味委屈自己，依着他的意思，回到小城市，很有可能情感事业两不顺。若不作为，至少能保证事业，然后，等你的男人慢慢成长。你不让他努力一下，他怎么知道珍惜呢？难道井底之蛙的爱情就要靠逼着别人跟他一起蹲在井里？ end

学历真的会阻止我们吗？

我和他是初中的同学。他初中毕业后就辍学打工去了，而我一直读到大学。他是一个很有上进心的人，有幽默感，心地善良，很符合我心目中的标准。他是个小有名气的蛋糕师。我觉得学历并不能代表什么，一个人最重要的是有上进心，有自己的追求和理想，就够了吧！

自从他知道我也爱着他后，我们的联系时断时续。他说：他还爱着我，虽然自己一直在努力，但是我们的距离却越来越远了！我知道他说的是什么，学历，在他是一个难以跨越的坎儿。他说，如果我们在一起，彼此的朋友圈、生活圈都是不一样的，很难融入对方的生活。

现在的我很痛苦，我发现自己真的是很爱他，大学三年了，我没有谈过恋爱，难道两个学历不同的人真的就不能生活在一起吗？

你是站在高处的一方，所以你很难估计比你低的人会感受到多少压迫感。你表达想法时当然拥有更多自由。就算照你想法交往了，他日后会承受来自你周遭朋友的各种质疑，你能代替他承受吗？

一时的吸引、默契，跟任何身份的人都有可能，但要长久相处下去，各方面对等是很重要的。打破这些世俗的隔阂也是可能的，但我听你描述的蛋糕师，似乎也做不到那么超然，你又何必给他找罪受。

等他觉得“学历”不重要时，你们再来谈下一步吧，而不是你认为不重要就不重要了。end

他怎么能穷成这样！

我 25 岁，男友小我两岁。父母希望我早点结婚，可男友却不想，因为他没钱！他家的情况是根本买不起一套房子，甚至连结婚的花费都拿不出来。我家庭条件还好，让我嫁给这样一个穷人我实在很不甘，我身边随便一个追求者都比他富裕！

两年前他对我撒谎，说他家有房子，条件富裕，当时他出手很大方，我要的东西他都满足我，一点也不像是农村的、没钱的！ 我天天和他吵，却又分不掉，因为他对我真的太好了，我的第一次也给了他。我实在不知道离开他今后怎么办！为什么我当初那么好骗？到现在连结婚都不能，我还不如死了算了！

我看这男生还不错，为了“把”到你这位虚荣的妹妹，不惜血本下猛药将自己演成有钱人。能把你成功骗到，多少说明他对你有一定了解，当真是要什么给什么。如果你当真是个没钱结婚“还不如死了算”的女生，他还能怎样呢？只能先打肿脸充大户啊！撒谎当然不对，但你以花钱是不是够大方、礼物是不是送到位来判断是否该交往，是不是也太幼稚了？所以，你把第一次给了一位演员，这又能怪谁呢？

又虚荣又精明，兴许能过上阔太太的好日子。要是又虚荣又笨蛋，就完全没可能了。所以，我很怀疑周围追你的其他人，是不是另一群演员。end

他太有钱是不是错

Q 跟他是在一个聚会上认识的，别人介绍他是“著名的成功人士”，当时觉得这种人跟我不会有什么关系。但他却开始追求我。他出手非常大方，经常会给我一些昂贵的惊喜。但我私下里听他哥们儿（也是些成功人士）说他绝对不会结婚。他们的价值观里，所有女人都是来骗他们钱的。从他的一些言行中，我也能感觉到他的现实和优越感。天地良心，我根本就没想要分他家产！我根本不是一个那么虚荣的女子，但跟他在一起，难免要接受很多有色眼光……我该怎么证明自己也是有自尊的？

A 只要他不是成心要包你，或你时刻准备着被包，别人怎么看你们，有什么关系？一个灰姑娘找到一位多金的王子，大家很自然要想到灰姑娘的故事，大家很自然要为王子的钱包担心，这多少也因为我们都没那么好运成为灰姑娘，故而嫉妒你这样的。不是太难理解的逻辑吧？你这么心虚，倒真似有什么把柄落在人家手里。

另外，有钱人有优越感你看不惯？只要不是恶俗到一副财大气粗的土财主相，他们有点优越感不正常吗？就像那些漂亮女生会卖弄风情，你要拦着她不让卖弄，真的是很不人道啊！

你这心理非常概念化，将有钱人归为一个固定模式。你若被他们的有色眼光困扰，说明你已陷入这俗套之中。他若是有心人，当然会明白你有多少自尊，不需要你刻意去证明。最怕的是，一面当着富贵加强版的灰姑娘，一面又说人家没照顾到你的自尊。end

别为回头草错过新鲜草

我和男友已经分分合合N多次了，他比我大20岁，样子不好，经济情况也一般，只有一条——就是对我特别好。

我们好的时候我总是不好意思带他去见亲朋好友，他也能忍受。当我为了别人跟他分手，他虽然伤心，但还是会耐心地等我，等我玩够了再回到他身边。结果，每次我失恋后，总是又回到他宽容的怀抱。他就像一个备份情人，总能在我寂寞时为我填空。可我心里明白，我是绝对不会跟他结婚的。

我们的关系是不是很病态？我觉得我这样很不道德，但这么耗着我也很快就不小了，他更是很麻烦，我该下决心和他分掉吗？

如果你已经非常清楚他不是你要找的人，就趁早断干净吧。吃回头草也是要花时间的，也许你只是为了一个晚上的寂寞，就又倒贴了两个多月时间去啃那块儿已无味的回头草，不仅花时间，对心智也是一种折磨——对这位“草”以及你本人都不负责。同时，在这期间你更不知又错过了多少新鲜草。

有些人提倡骑驴找马的方式，我个人认为，在你需要去找马的时候，最好是步行。身边的环境越单纯越有利于好“马”出现。你总在自己心理上留一条后路，接收系统是不可能彻底打开的，极有可能就跟你的马错过了。

对于你这位善良的备份情人，你的做法也有点过于自私。不管他是否甘愿给你当垫背，你也要给人家留一条生路不是？你这样若即若离的态度，也只会令他的人生非常可怕！

最后，有句话说，出来混，早晚是要还的。在感情上，一些明知故犯的伤害行为，还是尽量少做吧！end

他是不是很色？

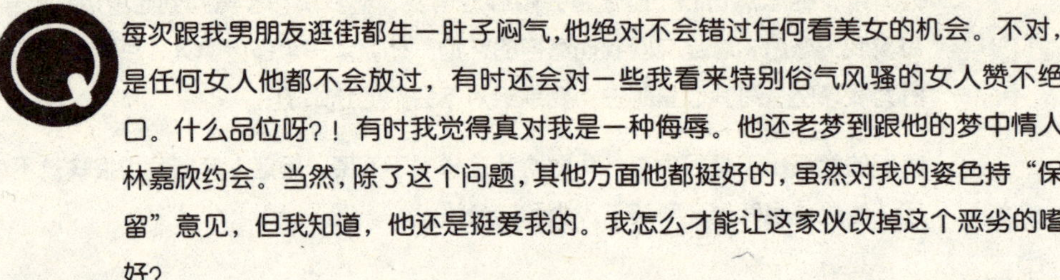

每次跟我男朋友逛街都生一肚子闷气，他绝对不会错过任何看美女的机会。不对，是任何女人他都不会放过，有时还会对一些我看来特别俗气风骚的女人赞不绝口。什么品位呀？！有时我觉得真对我是一种侮辱。他还老梦到跟他的梦中情人林嘉欣约会。当然，除了这个问题，其他方面他都挺好的，虽然对我的姿色持“保留”意见，但我知道，他还是挺爱我的。我怎么才能让这家伙改掉这个恶劣的嗜好？

如果你男朋友对美女的爱好只停留在眼睛和嘴巴阶段，那就随他去吧。通常情况，这种明目张胆看美女的，色胆其实很小。往往是那些看上去目不斜视的，极有可能在暗中已把所有不该干的都干了。他能当着你面欣赏美女，说明他还比较坦荡吧？你应该显得非常大度，跟他一起对“美女”们品头论足，或是暴看身边出现的每个男人，让他也感受一下被冷落的滋味。似乎不是什么太大不了的事情。

至于他的品位问题，恐怕一时半会儿也改变不了。看惯了大家闺秀，偶尔就要去吃一些风骚俗气的冰激凌——这有利于中和他们肤浅的胃。放心，他们都很聪明的，知道哪些是适合带在身边，哪些仅供想象力休闲一下。你这个名正言顺的“正房”，完全没必要去吃那干醋。end

怎样让他为我疯狂

我刚跟男朋友分手。他算是一个那种典型的“事业有成”的中年男人，离过一次婚，有小孩，行事比较严谨古板。我们刚开始的时候，我显得比较冷淡，但我属于慢热型，后来等我热起来了，他却要逃了，说是我年龄还小玩得起，可他玩不起了。他还说，只想跟我做情人，可我发现我已经陷进去了。我不想要一段不冷不热的关系。虽然分手是我提出来的，但我真的很想知道，我怎么才能让他为我神魂颠倒、彻底为我痴狂呢？我真不甘愿就此被打败！

再有经验的恋爱高手，也很难把猎物们按“发疯指数”做出级别分类。你如果一定要把胜利定义为“把一个人搞疯掉”，那你应该去参考“神经科”的医学书籍。据我所知，说疯就疯的人并不多见。

而且，你若真的喜欢一个人，就应该接受他最正常的表达。如果这个人本身很内敛、很严谨，你就不要企图用你的幼稚标准，在人家身上寻找“发疯”的迹象。你若诚心引动这种发疯，也只能证明你是个“控制型”人才，并不能证明你有多喜欢此人。爱情里，用一点点技巧是应该的，像你这种想法，已经不能说是技巧，可算上是“阴谋”了。没有男人会甘愿为你这种“动机不纯”的人发疯的。希望你也不要再请教别人有什么发疯之道了，这问题有些可笑。

爱情，主要是发乎于情，而不是发乎于一场“挑衅”或“征服欲”。如果你实在想来一场“轰轰烈烈”的爱情，最好去找一个年龄、荷尔蒙分泌与你不相上下的人。跟一个事业有成、已是孩子他爹的中年男性折腾，实在是希望渺茫。end

男友太爱玩怎么办？

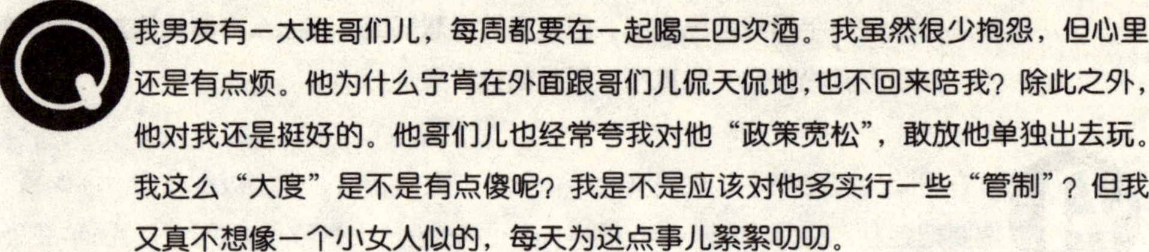

我男友有一大堆哥们儿，每周都要在一起喝三四次酒。我虽然很少抱怨，但心里还是有点烦。他为什么宁肯在外面跟哥们儿侃天侃地，也不回来陪我？除此之外，他对我还是挺好的。他哥们儿也经常夸我对他“政策宽松”，敢放他单独出去玩。我这么“大度”是不是有点傻呢？我是不是应该对他多实行一些“管制”？但我又真不想像一个小女人似的，每天为这点事儿絮絮叨叨。

让男人在“哥们儿”和“女友”之间做一个选择，肯定是有些愚蠢的。“哥们儿”是男人的构成之一。一个没朋友的男人你也不稀罕吧？一个天天陪着你鞍前马后转悠的跟屁虫型男人，也不是你想要的吧？你的想法是对的，天天为这种事唠叨是会让女人跌份，唠叨烦了，你男友会愈演愈烈。这是已经说烂了的放风筝的道理：一直不往回拉线也不行，但肯定不能是强硬派的“拉”。当他太不顾你的感受往外冲时，你可间歇性地、友好地给予明示或暗示。另外，让他充分意识到待在你身边是值得渴望的、是比待在哥们儿身边更美妙的事，这也是你要做的功课。如果你在家里是个毫无情趣之人，那，也不怪人家。end

六年的他要出国

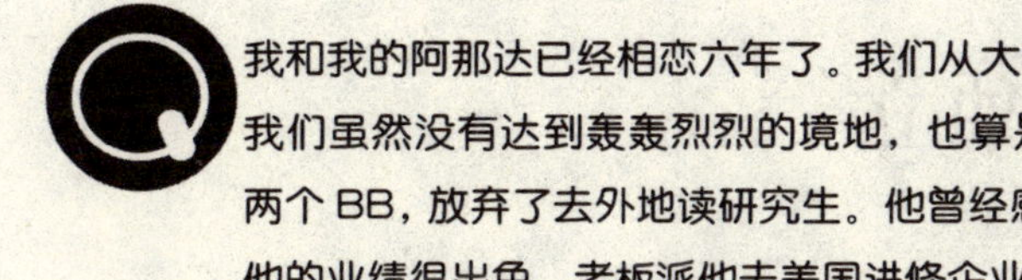

我和我的阿那达已经相恋六年了。我们从大学一年级一直走到现在。在这六年里，我们虽然没有达到轰轰烈烈的境地，也算是携手风雨的老夫老妻。我为他堕过两个BB，放弃了去外地读研究生。他曾经感动得泪流满面。现在我们都工作了，他的业绩很出色，老板派他去美国进修企业管理。按说这是他事业攀升的绝佳机会，可是期限却是两年！俗话说，七年之痒，我们已经六年了。我的岁数也不小了，他这一走，变数无穷，距离真能产生美吗？万一不产生，我该怎么继续生活呢？

首先，当然是希望你们情比金坚，不畏千山万水阻隔，鸿雁传书、E-mail传情、MSN热线联络，还可以跑到包房唱唱《亲爱的，为什么你不在我身边》之类的距离之歌。然后熬到节假日，去机场接他，打仗似地度过零距离接触的几天。

也就是这样了吧？听上去很辛苦，但还是祝福你们能做到这样。如果不能呢？如果他在那边花开两枝，也希望你不要拿“堕过两个BB”、“放弃研究生”等理由去哭天抢地。两种情况都是很人性化的呀。若你们感情的适应度，仅合适同处一室的距离，那就不要怪罪远距离后的种种变异情况。距离是一个非常严厉的“元素”，你心理上要做好几乎是“开始一段新恋爱”的准备。你们两个都在经受考验，同样要接受“适者生存”的自然规律。

即便你曾为他付出过很多，也不该在这时作为筹码掏出来，那很危险，很容易让你情绪在极度不平衡里导致失常。能做的，就是保持信心，保持热情，把自己剩余时间安排得充实起来，以免活活地“想”出毛病来。

让时间去给你们下结论吧。end

男友要求我独立

我上一个男朋友是那种父亲似的角色，因为大我很多，会处处为我着想，什么都不用我做，唯一缺点就是也会管我每天晚上回家的时间。

现在交了一个刚好相反的男友，他是个外国人，所以什么都跟我分得很清，连房租都要我来交一半！还培养我做家务的能力，经常向我灌输“独立”的重要性。我现在觉得自己简直就是半个家庭主妇。

我也不是很希望被别人养的那种人，但男友跟我在钱上算那么清楚，让我觉得怪委屈的。有时我真的很想念以前的男朋友。是不是我这种人，就不该找一个这样的外国人？

你应该感谢你的第二任男友，把你从婴儿期接到了成人世界。他简直就是在替你父母把他们未尽的义务执行下去。你自己恐怕也看出来了，头一个男友那里不需要你独立，却少了很多“自由”。独立的意思，很大程度上意味着你可以自由支配自己，拥有充足的话语权、行动权。这个远比获得一份父母般无私的爱更有意义。事实上，只有保持独立之后，你才有资格爱人，甚至理直气壮地离开某人。很难理解吗？你觉得哪个二奶是可以随随便便说走就走的？end

该不该离开一个配不上我的人？

我算得上是个漂亮女孩，个子高挑，身材很好。大学里谈了一个男友，长相、家庭条件都很一般，个子也比较矮。他是我高中同学，刚接触觉得他很幽默、很乐观，我那时心情不好，他是第一个让我感到在一起很舒服的人。

可是渐渐地，我发现他很没有卫生观念，总把家弄得像狗窝似的。今年毕业后，我一直督促他快点找工作，他说一定要找到他满意的，可是我们不是什么好大学毕业的。后来他说话很刻薄，我就要求分手。想了一个晚上还是舍不得，毕竟那么几年感情了。可是和好之后我又很怕，如果拖下去还没结果的话，还不如早点分了。

时间越长越痛苦。我以前一向很独立，可是这次却难下狠心。朋友都说像我这种条件的女孩可以找很好的男人，我也知道好不一定适合，但有时望望身边的人，又想为什么要找那么差的呢？我究竟该狠下心来，还是该继续走下去呢？

还是建议大家交男友时精明一些。因为一时的心软，就跟一个你内心并不是很看得起的男友耗下去，未来也不会太乐观。不仅会令你自己一直处在自怨自艾的状态中，对你男友的身心健康也没什么好处。如果他对工作前途的怠慢，源于他觉得已经找到了一个像你这样“优秀”的女友，那你更要离开他，让他明白获得一个优秀女友是需要资格的。

如果你真的是喜欢他，或者认定他是“潜力股”，也可以考虑给他一些时间。等他充分把他的价值以及资格证领到手了，再来面对你。这样不会浪费大家太多时间。

在这件事上没什么好自责的，选男友当然可以货比三家，没准儿你还可变成他的动力，成全一个未来的成功人士。end

女朋友太漂亮是威胁吗

Q

我刚交了一个男朋友，以前他追我的时候我都是单独赴约的，我从来没有介绍身边的女朋友给他认识。现在他已经正式成了我的男朋友，我当然会带他认识身边的女伴。可跟我一起合租房子的同学是个非常漂亮的女孩，皮肤很白很光滑，身材很丰满，五官长得异常精致，是个非常可爱的女孩子。相较之下我便相形见绌了，所以一直以来在她面前我都比较自卑，但我也不是一个很差的女孩子。

看得出来，现在的男朋友很在乎我，喜欢我，可前几天我介绍女友给他认识时，我发现我男友一直盯着她看。漂亮女生总能让人把注意力集中在她身上，可我又不能明说，只能把疙瘩藏在心里，为此我十分苦恼。

A

如果你同屋的漂亮女孩是“威胁”，那大街上所有的漂亮女孩都是对你的威胁。如果这个不是，那么即便李嘉欣肯跟你一起吃 KFC，那她也构不成对你的威胁。这不是让你发扬阿 Q 精神,而是自我认同的心态问题。你必须“接受”这个自己。

那些不漂亮但快乐、讨人喜欢的女孩多的是，如果她们都随时让“美女”来打击自己，恐怕早就气死多少回了。

换个角度想，这也是检验你男友的一个机会。(当然，不建议你刻意让他们两个去培养感情。)要是这么容易见异思迁，那就趁早扔掉。你的心态也必须调整，要让他感觉到你并没有“受到威胁”，你很自在，你很满意自己。相比起你“把疙瘩藏在心里”要好得多,那只会把你自己给想崩溃了。左一个自卑,右一个自卑，仗还没打起来，你就已经溃不成军，实在没有必要！end

忘不了的花花公子

我 19 岁才初恋。我以前和男孩子都是哥们儿，也有几个追我的，但我拒绝了，直到遇见他。他特别执着，硬是把我追到了手。他是个花花公子，我直到现在才敢承认。我原以为我可以改变他，其实不是的，是他改变了我。

我全身心地对他，他却朝三暮四，还和有夫之妇扯在一起。我原谅过他无数次，他还是不改。我什么事都迁就他，顺着他，他却把什么气都出在我身上。别的女孩对他发脾气，他把气出在我身上，我还是忍了。我把什么都给了他，包括我自己，他为什么一点都不理解我呢？

我最近跟他分手了，他打过电话来，我拒绝了他。但是，不知怎么的，一见到他我就会心痛，痛得喘不过气来，然后头晕，想吐。这是怎么了？我现在好想他，我也出去散心过，但是还是不行，我很痛苦，请求你的帮助。

他为什么不理解你呢？连“别的女孩对他发脾气，他把气出在我身上”这种事你都可以忍，那你还真是会让人误解你是个没脾气、好欺负的主儿。他的理解应该没什么问题吧！如果做错了事也不会受到任何惩罚，反而换来的是无穷的迁就、顺从，这么舒服的事我们谁都愿意一做再做！

你和他分手显然是明智的，我倒不怕你会受虐到崩溃，我担心的是你男友。在你这种毫无原则的溺爱中，他日后会变成一个多可怕、多讨厌的男人啊！好的恋爱会让人成长，而你们这种关系，只会把你男友再带回子宫时代。

再来看看你的未来，如果你 19 岁就这么具有忍辱负重的天分，那今后等待你的同一型男人还有很多。你没有打算靠原谅别人来过一辈子吧？而事实一再证明，如果你是个很容易“原谅”的人，那别人会很乐意在你身上犯错；如果你是个足够“重视”自己的人，那你碰到无赖的几率将大大降低。所以，没有必要再回味你的受虐史了，该忘就快点忘。end

带不出去的男朋友

我有个跟我同一属相的男朋友，他比我大 12 岁。原本我也没把年龄差距当作什么很大问题，可是每次出门逛街、散步总有无数异样的眼光看着我们，好像在猜我们到底是父女还是情侣。我心理有很大的压力。由于长期的工作劳累，他的外表比实际年龄看起来还要大许多。

有时我想当初是为什么就跟了他呢？似乎是因为当时即将大学毕业，在就业迷茫时期，他许诺帮我找个好工作，所以……另外他待人真的很用心，比起之前的男朋友来说，除了年龄和外貌问题，他真的是个最佳男友。朋友们也常开玩笑说：找他做老公是最好的人选，工作稳定，又很体贴很会照顾人，最重要的是他在外工作都不必担心……每次一听到这话我不知是该高兴还是难过。

反过来说，我若是离开他，那这一年的感情就这么结束了，我又有点舍不得，他对我真的很好。我现在真的很矛盾，平常我们关系都很好，可说到一起出门我总会找些借口推辞。

我也想问啊，“当初是为什么就跟了他”？仅仅是因为他给你找了份工作？或是对你很好？这些都不是你跟他的理由。我个人从不鼓励大家只因为“对方太好”而交往下去，你个人内心的感受才是最重要的。一段靠“单方感动”维持的感情，是没有前途的。

可能会有人跳出来说，怎么可以因为外貌问题而离开一个人？我认为，这当然是个问题。而且最看不得有些人，明明是觉得对方外貌有问题，却还找些其他理由

→

来美化自己的分手行为。

所谓般配，是你内心对这个人综合指数的认可，若你内心根本觉得他有着一个配不上你的外型，那基本上就可以说明你们不合适。不是你以貌取人的错，也不是他长得难看的错。若这问题长期得不到解决，你很可能会越看他越不顺眼，在别的事上无理取闹以排泄这个小心思。

世界上，总会有一个人会大大方方牵着你男友的手走上街去的。那个人，可能真的比你更适合你男友，比你更加欣赏他。反倒是，如果你为了“道义”就躲躲闪闪地与他上街，早晚会真的伤了他的自尊。end

爱情为什么会那么短暂?

和男友同居到现在已经一年多了，当初特别甜蜜，是朝着结婚去的，告诉了好多亲朋好友，我以为我会成为世界上最幸福的女人。我不工作，完全靠男友养活，他说他很愿意这样，还开玩笑说要把我培养成一个小家庭主妇。

但是现在完全没有那种感觉了，他看到我没有洗他的衣服就会不高兴，还抱怨总是由他来给我做饭，我却像个公主一样。现在我一见到他就有点害怕，所以总躲出去玩，但这样只会让我们的关系更糟糕，家里的气氛压抑极了。

我很想跟他分手，但又没勇气，因为手上也没什么钱，连住哪里都不知道。我很伤感，难道爱情真的就只能维持几个月吗?

并不是所有的爱情都只有几个月寿命，但是如果其中有一方是全职恋爱人士，这种爱情通常都会出问题的。可以想象，最初的几个月，你大概就是靠等他回家来消磨时光吧?那等待的感觉还分外美好?就是说，你的人生重点就是眼巴巴地盯着那坨叫“爱情”的东西随时扔糖给你吃，那是会活活把爱情给用光的。

爱情本身并无新意，它本身不会更新更多细胞令人欣喜。让人源源不断感受到欣喜的，是你们每个人的变化。如果你只停留在爱上他的那一刻，毫无长进，甚至只会倚赖，那么他也没有能量继续爱你。爱情的新意其实非常简单，有时仅仅是你新学会做一道菜。

你这种态度跟那些传统的家庭主妇毫无区别，如不改正，恐怕很快会沦为“绝望的主妇”之一。

→

不仅不能在精神上倚赖爱情，经济上的倚赖更可怕，这会让我们怀疑你只是需要你的爱情赏你口饭吃、给你个地方住。若是这样，那就不要冠以爱情的名义。end

我们的关系一直不明确

我和他是在一个比赛中认识的，我们因为有共同的爱好所以很快就相爱了。刚在一起一个星期他就把我介绍给他父母，可没有想到，他父母不喜欢我，我们为了这事不愉快，可没有吵闹，想就这样分手算了。没想到我怀孕了，这个消息给我们太大的压力，我也不想给他负担，决定做掉，不知道他是感动了还是怎么，对我很好，我们还是像刚开始一样相爱。

就这样我们的感情持续了一年多。我以为他会说服他父母，没想到他不但没有，还另外去相亲。我表示出友好的态度，没有和他吵闹，还像朋友一样和他分享相亲的过程。可能也只有我才能这样，因为我爱他，不想失去他。

我们的关系一直都不明确，在一起的时候所有朋友都羡慕我们很相爱，分开的时候又很冷，但不可否认他真的很关心我，或许是因为我为他做了三个小孩吧！我想该是我离开的时候了，但我放不下，我真的很爱他，我还想挽回我们的一切，我该怎么办？我找不到离开他的理由！

为什么把一年做掉三个小孩这样的事，说得像搬走一棵大白菜那么轻松？如果在做掉第一个小孩时就发现这是一段不清楚、不安全的恋情，为什么还可以继续做第二次、第三次，继续往这段没着落的恋情身上加码？你不知道世界上有一种东西叫避孕套吗？

如果这样做是为了显示你的诚意而不是无知——我是说你可以靠反复怀他的孩子再做掉来证明你的爱，那么，这种证明的代价是不是也太高了？即便是对一个

确定很爱你的人，这么做也肯定是有问题的。毫无保留的爱，不意味着连自我保护都不做。

你也不要指望这件事可以成为他日后心疼你的理由，如果一个男人心疼一个女人，根本不用等到她血流成河时才来心疼。他可以不顾你的感受去相亲，证明他内心并未把你当回事儿，完全是骑驴找马的架势。在处理类似问题时，我都很想很想问一下女主角们——你们为什么不会生气呢？为什么一个个都那么宽容、那么能忍呢？比较容易的了断方法是，给这段恋情找出一个分界线，马上让他去说服他的父母承认你们的关系，如果做不到，立刻终止关系。这样，好过你一天到晚在“放不下”中蹉跎青春。end

抠门的男人要得吗?

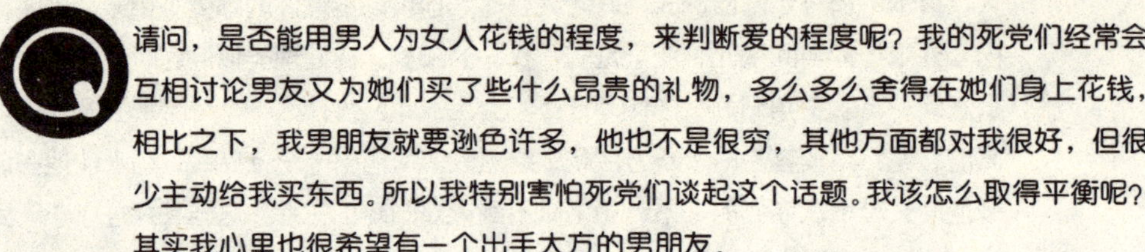

请问，是否能用男人为女人花钱的程度，来判断爱的程度呢？我的死党们经常会互相讨论男友又为她们买了些什么昂贵的礼物，多么多么舍得在她们身上花钱，相比之下，我男朋友就要逊色许多，他也不是很穷，其他方面都对我很好，但很少主动给我买东西。所以我特别害怕死党们谈起这个话题。我该怎么取得平衡呢？其实我心里也很希望有一个出手大方的男朋友。

有一部分男人非常鸡贼，他们若不确定对方是百分百跟定自己的女人，是不会浪费半毛钱的，他们还会时刻提防对方是为了他的钱而来。这类抠门的男人，我个人并不喜欢，因为花钱也是付出的一部分，如果还未付出就开始算计回报，那他实在不是一个很随和的男人，肯定还会时刻担心有人要暗杀他。他如此谨慎，相处起来未必舒服。

还有一部分男人,是不懂如何表达。他们不知道一件小礼物可以让女生非常开心。如果你男友属于这一种，你完全可以提示他一下，不管是撒娇还是撒泼的方式，要让他知道。真正喜欢你的男人，是愿意让你满足的。

上边所讲，是关于男人的问题，再来讲讲作为女生这部分——女生之间以这个来衡量爱的程度，是非常幼稚的，因为每个人对爱的需求不同。所以你要想清楚，你到底想让你的爱为你做什么，而不是顺应潮流，认为礼物越多、越贵就越满足。end

他为什么不会表达爱情？

我和他交往不久以后两人就要分开了，因为我要去别的地方读大学，而他要留在老家复读。他还是每天都给我发短信，可内容几乎是惊人的相似。我不得不想，每天给我发短信对他而言，就好像一种义务，好像只是在对我说：今天我给你发短信了哦！

我和他都是不会轻易表露自己感情的人。他是一个没有烦恼的人，更不在乎一个人在想什么，可我和每个女生一样都会胡思乱想。有时我似乎感觉不到他的爱，甚至觉得他不在乎我。

我不清楚我在他心中的地位，不知道他这次是否是认真的，因为这，我开始学会向他表露自己的想法。我想让彼此更了解对方，让他感觉到我的爱。我告诉他，我会想他。他听了之后只是说："真的吗？我很感动。"

偶尔他也会说他想我，那天我离开老家的时候，他对我说："如果你在那边找到一个比我好的人，如果你变心了，我会自动退出。"当时听到这话，我不知该高兴还是悲哀。我不知道他怎么想的，这难道也是为我好吗？

有人说，两地相隔的恋情是不现实的。有时我真的很矛盾，不知道对这份爱情该不该放手，我不知道两地相隔的恋情是否还能延续。他说他会一直喜欢我，直到我不再喜欢他为止。可是为什么我感觉不到他对我的感情呢？

是这样——大部分时候最好相信直觉。如果你觉得人家表达不够、爱得不够，那实际情况很有可能就是他不够爱，而不是不会表达。很多人自欺欺人，把人家的"不爱"理解成内敛、不擅言谈，然后在背后使劲琢磨其中深意；其实不过是为自己圆场、找台阶——真的爱起来，谁拦得住啊！即便不是用语言，方方面面都是可以传情达意的吧？他不传达，很有可能是因为没料。

→

从你传达的个人信息上看，你也不是个非常善于表达的人。试想，两位闷棍的恋爱会发生什么呢？也许人家一开始也是热情似火，但是你这厢却拿捏得要命，什么都憋在心里——在恋爱里，好的对手可以促进你成长，如果一方总在掉链子，那难怪另一方要收回热情。

两地相隔——外加沟通障碍，你们的恋爱基本属于先天不良型。既然都让你怀疑成这样了，不妨就承认一个事实：你们可以各玩各的了！其麻烦程度差不多的。end

带着妈一起谈恋爱

我和我男朋友在一起都两年了，这两年来我们感情很好，可是我们的爱里永远都有四个人，这让我很苦恼。

我们是在大学认识的，很早就见了家长。他现在已经工作了，而我还在学校读书。他每天工作完了都是回家和爸爸妈妈在一起，我们一个星期只是周末才在一起。他爸爸妈妈很少给我们单独的时间，总想我每个星期到他家我们四个一起过周末。如果我和男朋友单独出去了半天或者一天，他妈妈就会很不高兴，说些不好听的话。有一次他妈妈还因为这个原因哭了，说不认他这个儿子……

我和他谈了很多次，可是一点儿好转都没有。我对他妈妈很好，很细心和体贴，他妈妈对我也不错。但是我觉得这样的爱情好累好累，年轻人总有年轻人的生活，我真的不知道该怎么办了。

难得你这么懂事，他妈却像一位80后一样任性、自我中心，这是他妈妈拎不清的部分，但很多妈妈都是靠折腾儿子来实现她后半生人生价值的，所以，不能怪她。你是她的潜在情敌，这也是老祖宗时代就埋下的种子，婆媳关系没有几个好的。问题就在这里，你现在还不是她的儿媳妇呀，为什么这么早就介入他家？她妈妈把你们关在家里是想凑足人打麻将么？如果不是，你没有道理现在就开始迁就、宠着她妈。我的意思是，完全没有自我地迁就。作为备选丈夫，他的家庭构成也是你考察范围之一。现在还轮不到你苦恼，应该是你男友为对你造成了“困惑”感到愧疚。

其次，按照一般的情况，若家里有这么一位控制欲极强的母亲，儿子很有可能是没什么个性的，以后相处起来，他不敢拿主意的事还多着呢。现在表现的仅仅是仍和父母住在一起，完全不关心如何获得自由空间。在他那里的顺序如果一旦养成——顺从妈，然后哄女友——那你以后的郁闷还多的是呢。

这个问题里，你男朋友应该起决定性作用。让他抓紧断奶！ end

18 岁 VS 40 岁的艰难恋情

Q 我今年 18 岁，刚升大一。我已经与一个 40 岁的男人谈了一年恋爱。他是我舅舅公司的员工兼司机。第一眼见到他我就被他吸引了，他一米八，很帅，皮肤黝黑，衣着得体，与他经济情况不甚相符。那之后他接送我几次，恰好都是只有我俩，而且路途比较长，就开始聊起来。后来我主动要他的手机号码，就这样我们开始了。

我们并不在同一个城市，而且每次见面总有很多牵制。甚至接吻都只能在车上。他离过婚，小孩归他前妻，离婚的原因他说对方嫌他没钱。我至今仍是处女，有两次拒绝了他的性要求，因为我觉得这是要留给新婚之夜的，而我也曾经想过与他结婚，甚至与他约定等我到法定结婚年龄便与他结婚。

可是我跟他的恋爱之路真是走得太艰难了，他很怕被我家人知道，要是我舅舅知道，他可能连工作都没有了。我有很深的恋父情结，加上家庭关系不好，有时就会有强烈的愿望跟他结婚，可是这样的话，一定没有像样的婚礼，而我又梦寐以求能有个浪漫婚礼。我们分手过很多次，但都是他舍不得。我现在又想和他在一起了，觉得自己还是很爱他，我该怎么办？

A 又看到了洛丽塔的故事。你如果看过那个小说，就会知道，这不是关于一个小女孩的悲剧，而是关于一个老男人的悲剧。哪怕仅仅是对待一个朋友，也请行行好吧。人家 40 岁了，经不起伤筋动骨了，陪谁不好啊，要陪一个早晚会抛弃他的小女生。我并不是专指行为上的抛弃——年龄相差 22 岁，你就算可以忽略自己

→

的青春，他也不能够无视他自己的衰老，大自然就会先把他抛弃了呀。你们的起点就是个根本无法互相追随的起点。

至于其他的——是不是够有钱、是不是你舅舅的司机，这些都是未来带给他的额外伤害，跟你本身能带来的伤害相比，已经算轻量级的了。而且，根据以往洛丽塔们的故事看来，能缩短痛苦的决定性力量握在洛丽塔们手中，她们是唯一可以喊“停”的那一方。对于老男人来说，你们是甜美的诱惑，你们无疑让他们爱不释手、欣喜若狂；但对年轻的你们来说，日后可以让你们欣喜的东西还有很多。真的，不要以为碰到一个可以当爸爸的就自认到头了，放手救命吧！end

他变冷淡了，是代表不爱了吗？

我和他是同校，他比我小两岁，小一届，我是他的教官（相当于班主任）。好了三个月后我提出分手，但马上就后悔了。

提出分手的原因，是觉得他对我越来越冷淡，不再像刚开始那样，而且有时候会躲我，宁愿和哥们儿耗在一起，也不和我在一起。还有说话不算数，总是推脱一些该办的事情。

我们发展很快，确定关系的第一天就 kiss 了，第七天就发生关系了。在这三个月里，从第二个月就开始冷淡，虽然还带我去他家玩，也出来玩。

他曾经很认真地说想和我一起生活，并多次说以后结婚的事。我想问三个问题：他到底爱不爱我？我提出分手后后悔了，该不该和好？是不是男人都会变冷淡，那代表不爱了吗？

大多数情感专家会提倡，从布置战场到全垒打，最好战线拖得越长越好，不要让男人觉得你太容易上手，而不珍惜你。但我个人认为，这种规则只适用于个别情况。铺垫做得长与否，并不能决定这段关系的本质。如果是一段狗屁姻缘，即便做上三十年的铺垫也还是会黄，乱铺垫反而是浪费时间。你采取早早验货、取货的方式，早早进入到这段关系的“骨架”部分，我看也未尝不好，所以七天就发生关系不是什么问题。

两三个月的时间，让你们中间任何人回答爱不爱的问题，我看都还太早。如果他的回答是爱你的，但他就是这个德性（仍然需要跟他哥们儿玩、“推脱一些该办

的事情”），你可以接受吗？所以说爱与不爱也不是个问题。唯一问题在于，你自己舒服不舒服，你到底是不是想要这样的关系。你不必使劲去理解他，或是在他任何忽视的角落搜集他还“爱你”的证据，若他现在是这样对待这段感情的，那他理应对他的行为付出代价。有一句至理名言叫：“当你觉得有问题时，那问题肯定是已经存在了。”所以，你可以用分手去惩罚他。

一旦你决定了分手，就不要再动回去的念头，因为回去是件更危险的事——这只会让他以后更懂得如何当一个大爷。反正你传达的信息是，你是那种生气了自己会乖乖回去认错的人，完全陷入被动，建议不要轻举妄动。end

他为什么在我怀孕时抛弃我？

Q 我今年24岁不到，去年十月我和一个初中时期单恋了他三年的男生相遇了，他是一个飞机师，已经有女朋友了，但是我们还是在一起了。我可以忍受他有女朋友，可以忍受他和我在一起的时候和女朋友发短信，也可以忍受他和女朋友一起的时候不回复我的信息，因为我们的重逢使我更珍惜我们之间的关系。我们偷偷摸摸在一起已经半年了，但他从来也没有放弃他女朋友的念头，我对他也从来没有放弃过。

现在，我意外地怀孕了，我为了孩子要求他在两者之间做出选择。但他知道后叫我尽快把孩子打掉，并说不会不理我的，但我们的关系到此为止。我很伤心，但我还是决定把孩子生下来。我到医院检查过发现是宫外孕，为什么会这样呢？我不知道怎么办啊，因为这是我第一次有孩子啊，他为什么在这个时候抛下我呢？我该怎么办呢？我不能失去他的啊！我快要崩溃了！我真的很需要他的啊！他为什么这样对我呢？

A 你可以“忍受”的事有那么多，所以他肯定也会默认了你以另一条船的形式存在。这样说可能还不够准确，他是把他家里那位当潜水艇了，你就是一条偶尔坐坐的小船而已，一旦触礁，他绝对可以毫不心疼地弃船而去。至于潜水艇——那是上过保险，并且每个月都要做保养的啊。这种地位高下不难判断，他可以当着你的面继续跟他女朋友全面接触，且保持半年，显然在你们之间，“选择”从未成为他的问题。

→

他为什么要在这个时候抛弃你？这个问题你根本没有权利问。他任何时候都可以抛弃你。当我们已经做尽傻事之后，我们没权利再要求别人伺机再来同情咱们吧？

希望你手术顺利，从这件事上可以吸取的教训是：以后不要再因为什么“暗恋三年”之类的光环，就无限制地委屈自己，我相信，这个人的自私、无情并不是在你怀孕的时候才表现出来的。你是把一坨烂稀泥拿来圆梦了吧？就算烂稀泥从天上掉下来，也不可能变成馅饼。三年也不行。end

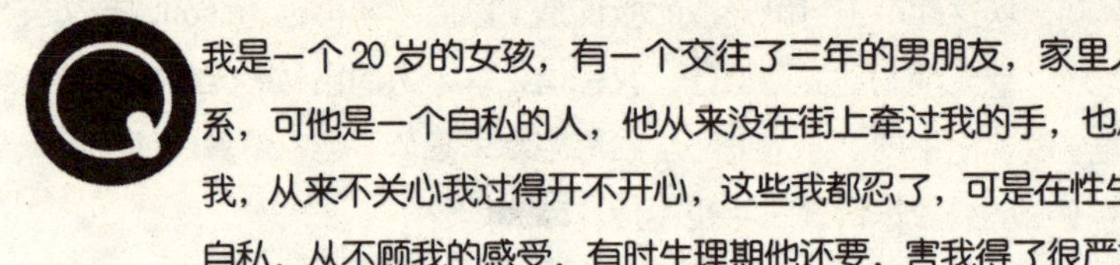

他为什么这样粗暴、自私？

我是一个20岁的女孩，有一个交往了三年的男朋友，家里人也都确定了我和他的关系，可他是一个自私的人，他从来没在街上牵过我的手，也从来没有主动送过礼物给我，从来不关心我过得开不开心，这些我都忍了，可是在性生活上，他也是一样粗暴、自私，从不顾我的感受，有时生理期他还要，害我得了很严重的妇科病，我真的不知道该不该跟他分手，毕竟在一起这么久了感情已经很深了，可是跟他提了很多次意见他就是不改，我真的很苦恼，彼此已经很熟悉了，离开他我一下子会感到不适应的。

我以前一直以为他再成熟一点就会改，可是我发现他是不可能为我改变的，他除了听他父亲的话之外听不进任何人的意见。我真的很想放手了，可是又怕自己会后悔，希望能够去感动他，可是这一切都是徒劳的。每次一下定决心离开他的时候，他对我说几句温柔的话我又心软了。我像个母亲一样照顾他、包容他的自私，可是我真的很寂寞很孤独也很累了，我该怎么办？

我周围真的有一种女人，始终在找能伤害她的男人。精挑细选，就能把人堆儿里对她最坏、最自私的一个给带回去。这是相当有自虐气质的恋爱模式，外人看来，以为是她母爱泛滥，贤良淑德，其实内心苦不堪言。为了你不要有一天感慨“造化弄人”，还是及时扭转这个情况为妙。毕竟你才20岁，有什么好妥协的？等你再忍耐五年，你又要问我“我离开他之后前途渺茫……”趁你现在还没把胃口彻底弄恶心了，同时还有大把的青春，还是要对自己好一点。出过一次岔子，那还构不成“模式”，等你完全习惯了这种自虐生活，再改起来可就难了。end

男友为什么闷骚到这种地步？

我的男朋友有些内向，可我觉得只是看起来内向而已，骨子里有种说不出的劲儿。他对我很好，但我不明白的是他经常干些明知道会让我生气的事，我生气的时候他还偏偏不哄我。他总是故意和我说哪个女孩漂亮了，哪个女孩可爱了，我相信没一个女人喜欢从自己男人嘴里说出这种话的。他和女生 QQ 聊天的时候总是兴奋得两条腿颤抖，连笑容看起来都好恶心，这不是明摆着气我吗？

他不喜欢给我发信息，但却经常和别的女生发信息。有次晚上没给我发一个信息居然和别的女生发了三十条信息！他解释说是他好久没联系上的一个同学。我知道是真的，但那也生气。还有就是他电话本里存的名字，连同学也存个美人什么的，我生气他还觉得我小气。我觉得他就是那种闷骚的男人，表面看起来是挺正经的一个人，心里却骚得不行。可是他平时对我也挺好，我也知道他和我是真的。我的脾气不好，生气时他不和我吵架也是让着我。但他的闷骚行为实在是让我生气。我想知道怎么才能让他不再因为这个故意惹我生气呢？

你理解错了，闷骚的男人应该是嘴上什么也不说，但暗地里把所有事儿都办了，给你劈了一个连的腿，你也还被他蒙在鼓里。你男友，充其量就是太粗心大意了，怎么都没发现自己其实是生活在醋缸里呢？怎么可以不藏好自己的隐私连手机也放在醋里泡着呢？

结合你上下文，我认为你是想以吃醋的方式来引起他的注意，希望他来“哄你”，由于没有哄到位，所以你给我发来这封信。你一天到晚把“捉奸”这项运动作为你们恋爱生活的刺激点、调味品，还真是蛮有创意的。

问题是，你若提前把你男友定义为一个“骚人”，那就算人家跟小卖部的大妈说话、抖腿，你都会觉得有敌情的。没办法，你已率先戴上一副闷骚款的有色眼镜。

如果发短信都以条数来计算、对比，那你们家的治安还真是够变态。在你这种严密监督下，他如果将来不真的出一次轨简直就太不正常了。我看现在能教你不生气的人，唯有你自己，请好自为之。end

不舍得为我花钱的男人能要吗？

我 20 岁，他 24 岁，有过那种关系。他送过我一部电话，偶尔给我一点零花钱。相处久了发现他挺虚伪的，为我花点钱也很心疼。于是我断了与他的联系。但他死缠着我，口口声声说我耍了他，还说他不是那么好耍的，不会再给我面子了，还给我爸打电话找我！

我真的不知道面对这样一个可怕的人，我该怎么办？我知道他心不甘，可我也付出了啊！好烦，我该怎么办？

男女关系之所以一谈到钱就分外敏感，像你这样的女选手功不可没。谁都不愿意被当成提款机，而且你还要求提款的时候人家都不可以表现出“心疼”，那除非你碰到的人家里就有印钞机。遇到这么一位鸡贼男，对你相当有教育意义，请仔细揣摩。

我看你们两个其实蛮合适的，价值观多相似啊——你会觉得不为你花钱就让你不爽，他会觉得为你花了钱你就该跟紧他。说明你们二位当真用的是同一个部位在谈恋爱，所以就不要再贼喊捉贼了。

目前仍然活跃在市面上的冤大头之所以如此稀少，是因为他们早就在几个世纪前被你的前辈们教育过了。所以不要怪他们现在个个都把钱包捂那么紧。

男人只在目标非常明确或是脑子非常混乱的情况下，肯当提款机。显然，你的魅力还不足以让他失去理智，所以他在分手后越想越冤，为一部手机都把肠子悔青了，才会做出后来那么丢人的翻账举动。end

他的过分顺从让我觉得很无聊

我和我男朋友交往快两年了，他对我非常非常好，做什么都要经我同意，从不要求我做不愿意做的事。我只要心情不好都会向他发脾气，每次都是我先找他吵架。每次错的都是我，可是他总是主动承认错误，一如既往地对我好。我真的觉得他很不像个正常的男人，一点自己的主见和想法都没有。我也知道是自己太过分，脾气不好，但我总觉得我这样是在耽误他，也许我们不合适。

我朋友都跟我说他很好叫我要珍惜，可是心里这样想就是做不到。我觉得是心理有问题，我很想对他好，却真的很难控制自己了，也许是他太惯着我了吧。我非常苦恼，怎么样才能改变自己的想法呢？

虐待狂能找到组织，就是因为世上还有好多被虐待狂等着被招安呢。这是多好的组合啊，为什么你还不满足？是不是一定要给自己找不爽，没有逆境，制造逆境也要上？

当然，从另一个方面看，我觉得你男朋友的这种做法确实不对，怎么可以把谈恋爱当成是养祖宗呢？对你的身心健康极为不利，使你在压倒性的优势面前，觉得好生无聊，你的能量根本无从施展。

想来，好的恋爱并不是要其中一方的爱直接把对方给糊死……应该也是个求同存异、共同建设的过程。否则，你男友无异于你们恋情中的奸臣——整天就给皇上唱赞歌、抱大腿，百姓都闹饥荒了，您这皇帝还被蒙在鼓里。作为你这样有性格、有追求、爱斗嘴的女生，显然应该换一位敢跟你讲实话的亲信陪你玩了。end

我忍不住要打探他的行踪

我和男友相交快两年，但长期不在一起。他一直对我很好。最开始我们相处愉快，但后来我老觉得他不如以前爱我了。我要他每天都发短信，不发就会质问他，然后跟他闹。我知道这样不好，可控制不了自己。我有他的QQ 密码，就想知道他随时随地在干吗，和什么人在一起。好了一年后就天天吵架。

最近他说这样天天吵架很累，让我考虑分手。本来我也想过分手，但他提出来我接受不了。我是个很多人追的女人，只有别人一心一意追我的，没有谁说要和我分手的。所以我没有答应。我想改变自己，因为我很爱他，也不想失去这段感情。但是我已经不自信了，我不知道他还爱不爱我。我问过他说如果他不爱我，只要说出来我就分手，可是他说他不是不爱我，只是为了我好要分手。

我们现在还在一起，我心里已经不相信他了。觉得自己很没面子，也觉得自己处于弱势，是不是以后他要怎么样就怎么样才能挽留这段感情？

你真是前后矛盾得厉害，前面是“只有别人一心一意追我的，没有谁说要和我分手的”，后面又怕这男人甩了你，你就没人要了，那么你前面那番话到底是自信还是自我麻醉呢？那帮乌泱乌泱扑上来的男人造成了你的幻觉？认为世上还有什么人是可以只甩人而不被人甩的？我是没有见过。我听说李嘉欣都是被人甩大的。

另外，一个真自信的女人，也不会一天到晚跟踪男友行踪，需要知道他每分钟在干什么——自信的女人，有什么必要去靠控制别人来令自己安全呢？被人甩了又怎样呢？你那小心灵连这点打击都接受不了？不会是外强中干吧？

还有一处不打自招的是，怕自己从此会“处于弱势”。弱势不弱势的，是个客观情况，你男友没有为你天天策划跟踪大法、没有等你短信等到抓狂、没有因为上

网没看到你就感到失落，这些情况显示，你就是处于弱势。不用挣扎了。

即便是小女人，你也要对自己诚实一点。我看你的来信很多可疑之处，都源自你对自己的不诚实。end

男友的妈妈嫌我难看

Q 我是名大三的学生，之前只谈了一个男朋友。我的前男友，也就是初恋，现在已经在他们的家乡找了个新的，我们的关系却还是纠缠不清。他说了好多次是家里的压力太大，他家人不同意我们在一起。让我摆脱不了的阴影就是在他家时他妈妈对我的侮辱，他妈妈说我脸上长斑会遗传给下一代的，嫌我长得难看，个子不高……现在想起来就是场噩梦。虽然这样，我还是深深地陷进去了。我告诉过他，要是说他不爱我了，我也可以接受，可他始终都强调的是他家里的理由，我怎么也不能接受。并不是说我一定要和他能有什么结果，我也并不是个不漂亮的女生，个头和身材在我们南方也还算是比较优秀的，可怎么就在他们北方遭受这样的待遇啊？

我说我们也不能再见了，可他始终坚持我们还是好朋友，怎么样都至少是朋友。我不能把握我自己，现在我真的很郁闷，不知该怎么走出来。

A 这种情况，善良点想，这男生是孝顺，不想违背母亲大人的旨意。有没有主心骨暂且不谈，往坏处想，他只是借他妈这张嘴，来表达他的意思。至少，他通过不反抗、不辩解等行为来变相支持他妈的观点。很多男生想闪人同时又不想破坏自己在对方心中形象的时候，都会使出这招——搬来他爹他妈他三姑六婆的意见，既能迅速跟你划清界限，又让你不至于愤怒到当场把菜刀丢过来。最后，“大家至少还是朋友啊！”所以，请看清该男子的为人之后再郁闷不迟。

另外，你这种个别情况，也不要牵扯到地域恩怨，什么南方北方的。我看你这种身材在北方应该相当紧俏。何必贪恋那家碎碎念的北方人，还外加一个没礼数的母亲！你让人家母子两个去白头偕老有什么不好？end

怎样拴住帅男人的心?

我是一名大学生。我都快疯掉了。我有一个男朋友，长得好帅。我相貌平平，但我很爱他。我们是在今年快放暑假时认识的。他在我们市里上班。他是个好男人。我们身在异地，他从不主动给我打电话，但经常发短信。我给他打电话他都有理由不接。我不知道这样做是为了什么?好郁闷呀。他不是花心的。我该如何才能永久地牢牢地拴住他?

我每天晚上都会为他失眠，想的都没心思上课了，而他似乎不那么关心我。他对我的思念似乎不在意。我该如何办?我想和他长久我该如何?救救我。我快发疯了。

我身边也有个类似的故事，有个女生非常想办一个小帅哥，但那个小帅哥就是不给她办却也不完全拒绝她，她非常抓狂，每天就琢磨各种办法想与之发生关系，视之为人生首要大事……偏执狂或者焦虑症们发病时都有共同的一个特点，就是视线变得极为狭窄，窄到其他东西形同虚设。

别人劝那女生，你办了他又怎样，你就能飞啊?同样问你，你拴住他又如何?你能飞啊?你的小脸儿可以蓬荜生辉?还是你的人生可以不再郁闷?如果一张脸就可以带给你爱情的全部感受，那叩找一张梁朝伟的照片来是不是也可以过一辈子啊?

他再帅你也不能没自我不是?即便你的自我实际上已经没剩下几片儿了，我也建议你不要让你的帅男明确感觉到这点。惯坏了以后不还是要你自己哄么?同时也不要再帮他渲染他的“帅”了——好歹有点心眼，你看那些图钱的人，嘴上不是都说着“我其实更在乎的是你的人品”! end

跟坏男人可不可以过一生？

我现在有一个男朋友，我不知道他是不是真的爱我，还是为了我的钱。最近常常和他吵架，他说等他有钱了，绝对不会低声下气地向我道歉。原来也有小吵的，可是他一会儿总会向我道歉，来逗我开心。是他变了，还是我一直都不了解他呢？我真的不知道该怎么办。

虽然我出身在这样一个很开放的时代，可我内心却是一个很保守的女孩，我希望我一生只有一个男友而且他必须也是我的老公。我知道在现在这样的社会是很难做到的。我真的不想和他分手，可是他太气人了。我该怎么办呢？

其实我还是很爱他的，他给我的感觉其实也是对我很好的。不过每次和他吵架我就想和他分手，就是为了我的目标，我才勉强和他在一起的。我今天又和他吵了，好像有很多不能沟通的地方似的。

忠贞虽然是很稀有的品质，但是如果不分青红皂白，逮到谁就跟谁死忠到底，那只能是缺心眼儿的表现。为什么要把自己的爱情生活搞得像在达标呢？如果非要达标，之前也请做一下细致的招标工作，好吗？

这个时代，开放带给我们那么多方便，你为什么偏偏不愿意笑纳呢？要是把这个开放理解为纠正错误的能力，对你有什么不好的呢？身为新世纪的少女，你怎么有本事让自己的意识停在过去？其他那些还在挑来挑去的男女，你认为都是被“开放”给害了？

你宁可花钱养一个男人，也不能承认自己碰上一个白眼狼——真是的，当初还不如找一块砖头来达标，至少它不会乱花钱啊。end

这样穷困地去结婚，可以吗？

Q 他今年 34 岁，我 21 岁，还在上学。我们相处两年了。今年，他要求我年前就跟他结婚。可是爸爸无论如何不肯同意：第一，我们年龄差距太大；第二，他现在每月收入 3000——4000 不等，按提成算。而我还没有找到合适的工作，身体也不是很好。他也没房子，打算婚后租房子住。所以我很矛盾。跟他，今后可能就要吃苦，而他也是三十好几的人了，连房子都没有。不跟，我们感情又很好。是现实一点忍痛割爱，还是两个人饿着肚子相爱？

因为爸爸的不顾家，我家的情况也不好，到现在为止我家银行账户上的金额也屈指可数。爸爸说我要是和他结婚他一定是负债结婚，婚后挣的钱都要用来还债。以我的家庭情况和他的现状来说我们结合现实吗？他问我："我们的感情值多少钱，难道你的眼里只有钱和钱袋吗？"我虽不是贪财之人，但现在的状况真的让我很为难！

A 希望用一桩婚姻去实现整个家族的梦想，最客气地说，也只能说成是卖身。卖身也不是谁都可以的，换个稍微有点脾气的人，谁受得了？你才 21 岁，凭什么觉得除了婚姻就没别的办法可以令你自己致富啦？一定要把自己别在功成名就之士的腰上，才叫照顾到"现实"？你就是你自己，不是为了承担你父亲或其他人未尽的梦想而生的。

如果实在觉得赚钱不靠男人就不能自理，那这个人还真是不太适合你。至少从他问你的话里我看不出他有赚钱的欲望。他即便不能满足你的物质欲望，至少也应

→

懂得尊重你的欲望。而不是摆出一副穷酸书生的口气去质疑你的动机。那以后过起日子来，他办不到的事，就拿感情说事儿，多腻歪。谁还没个感情啊，如果感情可以解决一切问题，那大家还抢银行干吗？

综上，才 21 岁，没人逼着你必须马上把自己嫁掉吧？太难下的决定，可以先不下啊。end

男友总爱看我的漂亮女友

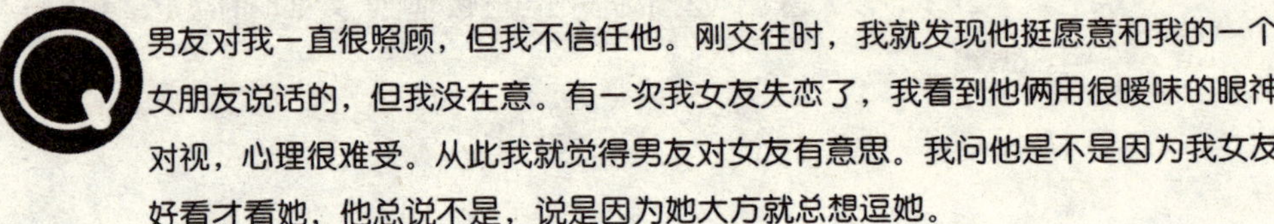

男友对我一直很照顾，但我不信任他。刚交往时，我就发现他挺愿意和我的一个女朋友说话的，但我没在意。有一次我女友失恋了，我看到他俩用很暧昧的眼神对视，心理很难受。从此我就觉得男友对女友有意思。我问他是不是因为我女友好看才看她，他总说不是，说是因为她大方就总想逗她。

虽然现在男友怕我生气不看她了，也不和她说话了，但我一见到他看她一眼我就不高兴。我们总因为女友的事吵架，尽管男友对我越来越好。我该怎么办？是多疑吗？男友不是因为女友好看才看她吗？

如果知道自己没有足够的信心和宽阔的心眼儿，就不要总是牵男友出去见美女，给他们机会看来看去的，不是给自己添堵嘛！

如果看都看了，你再为这事儿掰扯就更不明智了，你不知道被禁止的事更有魅力吗？什么书卖不出去，禁一禁不就成畅销书了么？你这相当于把一个纯情电影打上“限制级”的标识——生怕你男友对人家的魅力没有引起足够的重视么？你是打算把你的女友活活炒作成一个万人迷吗？还问“是不是因为好看才看她”这种弱智问题，你男友要是因为一个人难看就盯着人看你觉得他脑子算正常吗？

保持警惕不是让你草木皆兵。end

男友为什么想改造我?

之前男友对我很好,一直忍着我的脾气,但是现在只要发一点脾气,他就会不理我,说话还很难听,更别说哄我了。我知道自己脾气不好,但是我已努力改了,他也说看到了我的变化,可一旦我再发一点脾气他就说我一点都没变,我听了好委屈。

他一直试图改变我,说我性格浮躁。我一听就想哭,说为我好,我觉得是在给不向他发脾气找理由。我平时从不对谁发脾气,惟独在他面前从不掩饰自己的情绪,可是他却不让我那样。我已经不敢在他面前大声说话了,难到不能再给一些时间来调节吗?他是不是不爱我了?我想知道我怎么才能快乐些,不那么在乎他,做回自己?

即便是在动物园逗猴子,如果每次都扔石子儿下去骗人家,骗多几次,猴子们也就了解了,不会再因为你抛掷东西而欢欣鼓舞了。这是很正常的事。同理,你把自己的杀手锏弄得跟家常便饭一样,随时哭随时发脾气,怎么保证你输出的这些动作始终有效果呢?你男友总归是比猴们要理智点吧?

虽然向恋人发火的确是种特权,甚至是亲密、真实的表现,但你要承认,这种表达方式,确实跟"有话好好说"的效果差了很多。让你的恶劣情绪占用你们的亲密空间,你不觉得是浪费吗?你男友的表现无可厚非,尽管有点恶病恶治。

为什么明明有了缺点,还要跟宝贝似的,不许人乱摸乱碰的?你男友把你的缺点供起来,是不是你就"快乐"多了?他是不是应该把思想调整在"老子冲你发火,是把你当人",你才觉得到位?

我看你的问题不是怎样才能"不那么在乎他",而是怎样才能"不那么在乎自己"。end

继续玩，还是结婚？

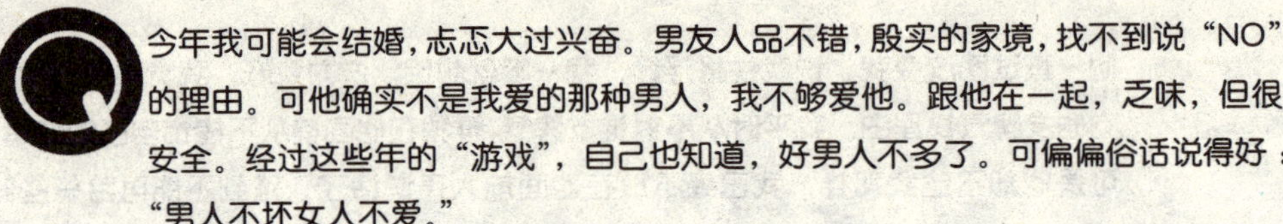

今年我可能会结婚，忐忑大过兴奋。男友人品不错，殷实的家境，找不到说“NO”的理由。可他确实不是我爱的那种男人，我不够爱他。跟他在一起，乏味，但很安全。经过这些年的“游戏”，自己也知道，好男人不多了。可偏偏俗话说得好：“男人不坏女人不爱。”

在一起的两年中，有几次危险的诱惑，但我一想到他的无辜，还是停止了“犯罪”。我不想伤害他。他常问我什么时候结婚，我说同居算了。这是我的真实想法，我不想让家庭琐事把我对他本来就不全的爱给磨没了，那样的话，我就不知道诱惑当前时，我还能不能收手。

我是一个有良心的“坏孩子”，也许别人会觉得我有点“贱”，好男人当前还在那儿挑挑拣拣。我，该怎样去面对婚姻？

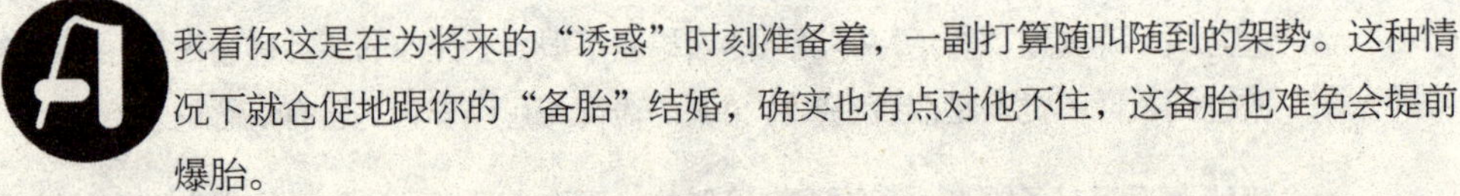

我看你这是在为将来的“诱惑”时刻准备着，一副打算随叫随到的架势。这种情况下就仓促地跟你的“备胎”结婚，确实也有点对他不住，这备胎也难免会提前爆胎。

至于你对待“诱惑”的态度，很多人描述成是自己不愿意背叛身边那位，才不得已过着“乏味、安全的日子”，貌似受了多大委屈和牺牲。其实正确的描述是：大多数人根本不敢过那样的生活，那种可以完全、彻底被诱惑牵着走的生活。如果你敢于过一种以对自己不负责为主旋律的生活，就请出动去玩弄那些坏男人吧，那日子将是相当的“多姿多彩”。end

让人糟心的天秤座男友

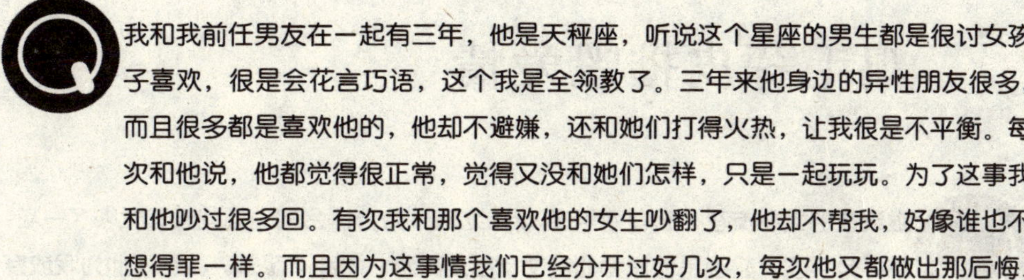

我和我前任男友在一起有三年，他是天秤座，听说这个星座的男生都是很讨女孩子喜欢，很是会花言巧语，这个我是全领教了。三年来他身边的异性朋友很多，而且很多都是喜欢他的，他却不避嫌，还和她们打得火热，让我很是不平衡。每次和他说，他都觉得很正常，觉得又没和她们怎样，只是一起玩玩。为了这事我和他吵过很多回。有次我和那个喜欢他的女生吵翻了，他却不帮我，好像谁也不想得罪一样。而且因为这事情我们已经分开过好几次，每次他又都做出那后悔、痛苦的表情，好像是我亏欠了他一样。我真的不知道该怎么办了。

木人也是天秤座，我要帮你男友说几句。大部分不靠谱的天秤座都是给惯坏的。对其保持在不温不火的控制力度最合适。so，对于他跟异性打得火热一事，你表现得越不在意越能引起该男的尊重，也符合天秤座的节奏。

至于你和别人吵架，他不帮你——天秤座是相当要面子的啊。即便他心里很疼你，也不会很乐意把这个展示于众——你要再为这个跟他别扭，他反而会觉得你很幼稚。你再多怀疑他几次，做出对他智商和人品怀疑的举止来，我觉得他就不会再回头跟你道歉了。end

鸡毛蒜皮摧毁爱情

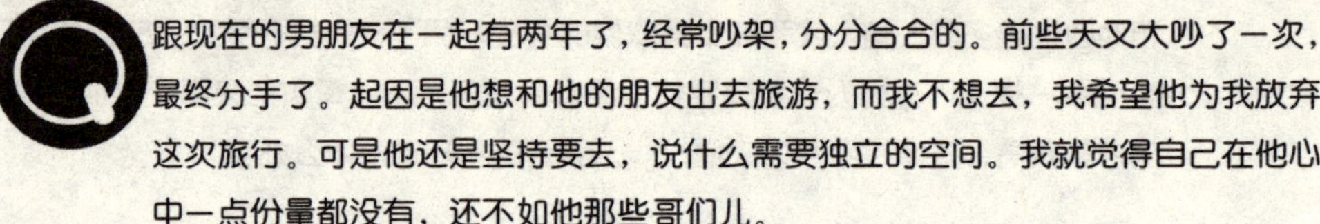

跟现在的男朋友在一起有两年了，经常吵架，分分合合的。前些天又大吵了一次，最终分手了。起因是他想和他的朋友出去旅游，而我不想去，我希望他为我放弃这次旅行。可是他还是坚持要去，说什么需要独立的空间。我就觉得自己在他心中一点份量都没有，还不如他那些哥们儿。

尽管周围的人都觉得他其实挺爱我的。问题是我气头儿上提出分手，他这次居然都不求我，很干脆地答应了，也不想听我解释。估计也是吵累了吧。这非常伤我的自尊！我更不可能去央求他回到我身边，可是为这样的小事分手我又太不甘心了！该怎么办呢？其实我离不开他。

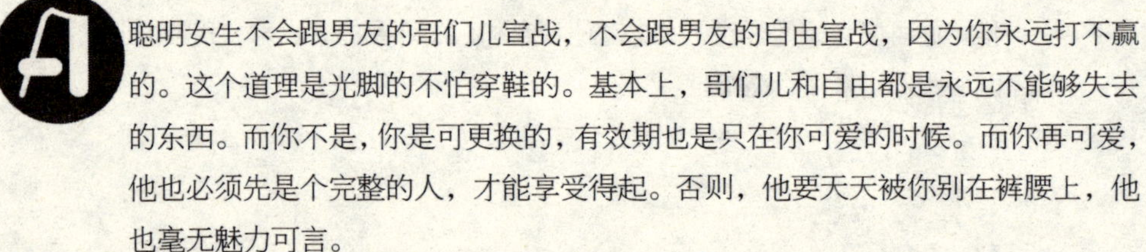

聪明女生不会跟男友的哥们儿宣战，不会跟男友的自由宣战，因为你永远打不赢的。这个道理是光脚的不怕穿鞋的。基本上，哥们儿和自由都是永远不能够失去的东西。而你不是，你是可更换的，有效期也是只在你可爱的时候。而你再可爱，他也必须先是个完整的人，才能享受得起。否则，他要天天被你别在裤腰上，他也毫无魅力可言。

既然是一时气话，就都好说。先想办法把人给哄回来，以后怎么欺负都行。只是，要讲究方法。你不能天天盼着别人为你的任性买账，而永远不考虑让自己赶紧成长起来。end

这种鸡贼男友是否该扔？

我和男友经人介绍刚认识。第一次见面，他说他找女友的首位条件是：有固定工作、稳定职业。对我来说，这不是问题，但我难免会想到，他主要是看中我的职业，并不太在意我这个人。他还要求我学会打扮自己，还要减肥。

他各方面都不错，除了学历。他中专毕业，而我是双学士。他也喜欢带着我见他朋友，每次都会提到我的学历。

问题出在钱上。由于之前买房，他用完了积蓄，经济压力很大。我一直很体谅他，从没让他在我身上乱花钱。但是他却开始让我给他买衣服、裤子、鞋子什么的。我不同意，他就说我不关心他。现在真是有种骑虎难下的感觉。是我多心了？还是该离开这种男人？

初步鉴定——该男很市井、很鸡贼、很小气。看看他的关注点：女友需要具备一个世俗意义上的学历，一个他觉得带得出手的模样，还得舍得为他花钱。我确实也没看出来他对你这个人有多满意，倒像是在给自己四处扎款、找流动资金呢。关注这些东西的男人，我不认为他会有心去认真地看看你。更何况还占了便宜卖乖，以后用你的卡来供房也是有可能的。

不要给这种男人任何撒娇的机会。end

男友“好”过了头儿

男朋友有点老好人，这个外人看来是心眼好、老实，但有时也挺烦人的。比如他经常会有些女性朋友需要他的“帮忙”。最近有一个“出镜率”很高的女生，我见过，基本就是个林黛玉，都长成那样了，我也不好意思说什么。她打着刚和男友分手的旗号，处处寻求我男友的“帮忙”，一会儿是交电话费了，一会儿又是急性肠炎，甚至被我撞见男友在喂她喝汤！我当时跟他吵，他又解释根本不是我想的那样，不要把他想得那么龌龊。最近为这事老是吵架，他却一副理直气壮。他是真傻还是假傻啊？

还是应该先确定，你男友到底是在行侠仗仪啊，还是在四处培养感情。如果真的是在做善事，那就得提醒他要小心出行，外面贱人很多，防不胜防，他这样摆出一副多功能厅的架势，难免会遭人乱用。出不出问题倒在其次，主要是让大太太很没面子啊。本来以为只有贵宾能坐头等舱呢，结果是人人可坐。这不是在糟践自家东西嘛。他要是实在需要靠行善来发光发热不然就憋着难受，你也多建议他帮帮同性朋友。或是你也时刻摆出需要被“帮忙”的姿势，让他根本分身无术。总之，先将其与危险缘隔离。end

他怎么就不能全部满足我？

我和我的男朋友从高一就在一起了，是他主动追我的，可是现在我在他那里一点也感觉不到爱，虽然他总是说爱我。

我对他要求总是很高，我希望我们的爱情能够很完美，每次他做事达不到我的满意，我就会很生气。他说他很累，因为我总是要求他。

我是个很相信宿命和星座的人。我巨蟹，他双子，双子的人爱玩、花心、喜欢自由，在巨蟹看来那是没有安全感，而我很重感情、念旧，需要很多关爱。我希望他能宠着我，做到对我的每一句承诺，会在我生气的时候哄我，而且很有浪漫情调。可我们现在都还有学业在身，他说要努力学习，所以只有等放下这个重担才能全心全意爱我。我真的再不敢去轻易相信他的承诺了，该怎么办才好？

不要说你“再不敢轻易相信他的承诺了”，对你这么苛刻的要求，换谁也不敢轻易给你任何承诺了，那不是活活找罪受嘛。为什么非要把跟你谈恋爱搞得跟参加军训似的呢？你这样“要求”下去，很容易把人推向其他环境宽松的地带，你担心过吗？你们最注重安全感的巨蟹座为什么要把自己周遭布置成一雷区呢？

完美的恋爱不是其中一方跟孙子似的，天天跟在另一方的指挥棒下。提要求的方式有很多，你这种属于急死自己也达不成目的的。你这不是当女朋友的策略，是一个当妈的策略，还是一个完全不得法的妈。说什么学业不学业的，我看是你男友在找借口。我都建议他换个人试试了。

另外，你要是天天拿着星座书上的特征去要求自己和别人，那真是会累死一大票的。end

给他花钱，还换来这样的对待

我和男友是大学同学，他大三升本了，我们正式谈恋爱一年多。当我冷静下来时会发现自己并不是平时表现出来的那么爱他，可我很感情用事，常常愿意为他做很多事，买衣服、内衣等等。甚至和他在一起的一切消费都是我负担，我知道他是学生没多少钱（我工作了），所以有时剩的钱我都不会要了。

但是我感觉他很自私，有时真的很受不了。对我也不怎么好，我的生日他从来不闻不问，更不用说过年过节的祝福了。有时感觉在他心里连个普通朋友都抵不上。

他是我真正说得出来的第一个男朋友，可他从来不把我带到他的朋友圈里去。有时感觉他只是在利用我，可我们在一起做爱时我能感觉到他的身体没有背叛我，我现在该怎么办呢？

你这种随手施舍零花钱的毛病很不靠谱。你不要一厢情愿地觉得这是在呵护他，他把你的钱和东西收下了，然后会开始讨厌自己，继而讨厌你。是你让他沦为一个被施舍的角色，他能有多爽？

不管跟男人还是朋友，我都建议救急不救穷。没你之前，人家不是也活得好好的？

他不关心你也是可能的。我只见过有些女人喜欢带着自己的男提款机到处显摆，还很少见男的也喜欢带女提款机四处显摆的——随时提醒他自己是个没钱的白痴？ end

他说给不了我幸福

我今天失恋了，谈了两年的恋爱还是敌不过距离和现实。今天我打电话给他是因为他已经几天没和我联系了，我说我忍受不了对我漠不关心的男友。他却说他改变不了，还是分开。他说就算现在在一起，以后他也不会和我结婚。他还说我应该找个门当户对的，有个幸福的未来和前途，跟着他会很苦。

他是我的初恋，我想和他结婚，可他的否定毁了我所有的希望。他用所谓的希望我幸福而和我分手，也许他是正确的吧，他没有把握给我幸福，可我愿意等待啊，但他却拒绝了。我真的好难过，不知道该怎么做。

男的跟女的真是很不同的动物，以前说过很多次，我再总结一下——爱情这件事对于男人的比重也就是个百分之三十，对女人却是百分之百。男人在事业不爽的时候，形同被废，做男人的乐趣丧失了大半，根本无心恋爱；而女人不管啥时候都处于候场区。这导致在时间上，女生已变得无限被动。这还不包括，有时男人觉得累了、觉得被超过了、觉得自己无能了，都有可能被吓退场。而通常他们都会使用类似的托辞——“希望你能幸福”。

你不需要非常理解，只要接受这个事实就对了。好的恋爱一定是发生在双方都很有“心情”的时候。他这么别别扭扭的也无法愉悦你，就让人家去拼搏先吧。end

我们的性格、兴趣都不合

我和女友是在百合网认识的，相处四个月了。我在一家国企工作，平时工作上班都离她比较远，心有愧疚，因此周末我都尽量带她去吃些有特色的东西，还给她买了笔记本、PSP。

她做服装设计，在她看来，生活只要随心所欲，开心就好。我出生在一个公务员家庭，思想相对比较保守，而她从小就很叛逆。最近，我们经常因为作息时间的问题吵架，我劝她正常地休息，正常地吃饭，告诉她我不想看到不化妆的时候那么差的脸色。她却对此都无所谓！而且我说人生总要有个计划，总要有个目标……她总是说我不肯包容她，难道为了她好也是错的？

我越来越觉得我们俩无法交流和沟通，我说政治啊晋升啊她全部否定，她说服装啊时尚啊这些话题我也不感兴趣。我们俩到底该怎么办？

如果你是跟人奔结婚去的，你这一上来就企图改造人的欲望很是要不得。谁需要找一男友天天从人生的各个层面对自己进行否定的？几点吃饭、几点睡觉、有没有人生目标、脸色有没有难看——她跟你这儿是来参加集训的吗？你做不到欣赏也可以保持尊重吧？你就是干涉了她的自由啊，你就是没有像爱她那样也爱她的自由啊。

如果你致力于找一个完全跟自己一样的人来当伴侣，那恐怕还得回到百合网再扒拉扒拉。就怕你看见和自己一样的也会烦。不要再用碎碎念这种方式强化塑造你的公务员形象了。本来差距就够大了，你还每天脸上大写着“看不惯”。跟搞艺术的相处，最好手段也要艺术一点，不要处处透着实用。end

我应不应该忍受他骗我？

我天蝎，他双子，我们是在网上认识的，交往八个多月了。我们在异地，一个月能见面一次。我非常爱他，第一次也给了他。我和他在一起的时候就是呆在他的家里，一起看电视、ML。

一次和他出去吃饭，他看到一个熟人立刻就把脸给挡起来了，在马路上看见认识的人也掉头走。我相信在他的世界里没有人知道我的存在。我问他到底把我当什么，他说我在找麻烦。我很痛苦，想离开他，可做不到，我把自己给了他，我怕以后得不到幸福会对不起妈妈，我是个单亲家庭的孩子。

还有一件事，当初他告诉我他只有三个女朋友，可是偶然一次我看到他的日记里出现的和他有过恋情的女人有七八个。日记里还没有提到我，所以我不知道他对我到底是不是真心的。我问过他爱不爱我，他说他爱我；我问他愿意娶我吗，他说他不敢乱说；可是第一次见面的时候他就说过要娶我。其实这些我都不在意，骗了我我也不在意，我只是不知道他是不是在玩我。

你能帮我分析分析吗？

他在街上遇到熟人捂自己的脸（还好不是捂你的脸），这种情况有很多种原因。结合他的双子星座加上你的下文，我觉得最有可能的就是他还真是在玩你。仅玩你一个是不够的，也不能因为玩你耽误了他去玩别人，所以，必须捂脸。

你如果想奋起在他生活圈子里出镜，就要避免把你们的业余活动都安排在床笫之间——当然，我相信这种男人除了在床上也没什么好玩的，他的生活也没什么值得你奋起的。

他有没有在玩你？你的信里遍地都是答案——严重撒谎、雪藏你、第一次见面就要娶你——承认被一个混蛋给办了就这么难吗？你觉得被这种人办一辈子就是

你的胜利了？就得到了你妈希望你得到的“幸福”？又或者你打算用一个虚假繁荣来打发你妈？

尽管如此，我仍然觉得这件事跟你妈没有任何关系。你需要解决的问题是自欺欺人。end

他为什么从不主动？

我大四了，男友是我同学，在一起半年了。一开始是我追他的，什么都是我主动，约他出来、牵手、拥抱甚至接吻。他不会抗拒我，但就是不会主动做什么。为这事，我跟他闹过好多回，总觉得他不喜欢我，他说他也不知道，还说就算喜欢又能怎样，家里没有钱给不了我什么。

我狠心和他分过一次手，结果他又说他过得很痛苦。我说要跟他重新开始，他说跟他在一起会很苦，他家又穷又封建，还说要是以后又对我很差怎么办。

犹豫了很久他还是答应了，可情况还跟以前一样，他还说很不喜欢我少了他就不行的样子。要是不喜欢为什么还要跟我在一起呢？真不知道该怎么办！

所以说门当户对是有道理的。你男友这种浑身都长着自尊心的主儿，你稍有不慎，就把人弄伤弄残了，天天照顾他那点小自尊就够他受了，你觉得他还腾得出手来爱别人吗？他哪儿还有力气“主动”啊？

“很不喜欢我少了他就不行的样子”——害怕被人爱上、依靠上，怕负责任，其实是觉得自己根本就“不趁”——那得虚弱成什么样啊？你对他越上赶着，只会越伤害他的幼小心灵，并继续伴以这种“自尊”的形式掩盖自卑，累死你算了！

有些小动物见到食肉动物露个头，它们就直接纷纷装死了……你男友估计是把所有女的都当成假想敌了，所以干脆装死了事，你还跟他穷逗什么闷子！end

我付出了这么多

我爱上了一个不爱我的人。我们的关系已经让所有的人都认为我们是恋人，因为我们每天形影不离，并且也有恋人的实质。

我有时告诉我自己不能再要求什么了，是我爱他，能有这样的关系老天已待我不错了。他说他陪我过完这大学两年，如果不出意外的话，这个意外就是他碰上了他爱的女孩，我知道，那就是我该离开的时候了。所以，当和他在一起时，我不知道这是不是最后一次。我心甘情愿为他付出我的所有。只是好奇怪，明明已经打定了这样的主意好好和他一起度过大学的生活，但是，有时候还是会被痛苦和绝望折磨得整夜不能睡觉。

我真的好难受，很怕他离开。我要怎么办?

说实话这个问题很难回答。一方面我很讨厌这样的男生，何必装得那么屌，还限定时间了，跟他恋爱都要打卡啊，他有那么红嘛！而且随时踏入另一船都成你首肯的了，初恋也不可以给他惯成这样啊。

但是另一方面呢，子非鱼的道理，也许这就是你的恋爱方式，你就是强悍到了别人不爱你，你也可以继续爱别人的地步，有的时候甚至觉得，这才是真正的爱情，十分陶醉于“情到深处人孤独”的气氛。这个也是一种必修课吧。下回你聪明了，又试一个自己不爱却足够爱你的，然后你发现还是不对。多来几次，你就明白什么是“应该”和“值得”了。end

我那么爱他，为什么他还要分手？

我跟他在一起一共才 170 天，非常恩爱。他去年刚大学毕业，而我已经工作两年多了。我们虽然同年，但不管是生活上还是工作上，我懂的比他多。这是他说的。我觉得他对我更多的是佩服而不是迷恋。

他比较单纯，一起外出不会主动牵我的手，我每星期要坐两个小时的车到他那儿，可他很少去接我，虽然他离车站只几分钟路。他喜欢吃肉馅儿包子，于是每次吃包子我都给他叫肉馅儿的。可是有一次他突然说：你别老自作主张！我说这些并不是说他不够好，我知道自己该包容，爱一个人，不光你要爱他，还要教他怎么爱你，这才是一个熟女的爱情。

就这样一直过，也没发生什么不愉快的事。有一天，他要我陪他去上网。他和网上一起玩“传奇”的“老婆”聊得很热乎，还把我拉给他网上“老婆”看。他“老婆”说，这就是你女朋友？没上一个好看，档次降低了？我一下子就很火。回来后我一直不开心，就成心说：我跟你在一起不开心。他说：那我们分手吧。我吓一跳，眼泪一下涌上来。我哭着说是故意说反话的，我知道自己今晚小气了一点，不应该，你哄哄我，我就好了。他沉默好久说，你把东西收拾一下吧，分开一段时间好了。我怎么说怎么道歉，他都坚持要分手。

之后两个多星期，我一直没给他打电话，因为他不让我打。但我感冒发烧，实在太想他，还是没忍住打了一个，我说想他，要去找他。他说他不在家。可我还是去了。他真的不在，我就一直在门外等，夜里四点他终于回来，我已经成了冰块。他看我的眼神很冷漠，没话，在被窝里都不肯替我焐焐冰冷的身体。天亮我问他，真的没有回旋余地了？他说没有。还说他现在习惯一个人了。他怎么会如此决绝？真的不爱我了吗？就因为那小小的别扭？他曾经是那么怕失去我！他是我第一个也是唯一一个付出真心的人，我怎么都忘不了，我该怎么办？

→

本专栏确实教了很多“熟女”的情感态度，真的害怕大家片面理解，但看来还是误导了。你觉得熟女恋爱是一定要手把手教人家爱你的？包括教他吃肉包子还是素包子？你什么事都就着他舒服，你们还有什么恋爱好谈的？互相呵护的那是恋爱，只有血缘关系的才会单方面无条件付出。你是打算把自己塑造成一个忍辱负重的母亲，就觉得是熟女了吗？

当妈的恋爱关系我是绝对不支持的，男生一旦习惯自己是个儿子，会觉得什么都是天经地义的，他在外面交了女友都会带家里来给你过目。为什么不呢？你把他当男人了吗？否则为什么不能让他去追公车、让他去接你、让他去给你买肉包子呢？你这种一副不需要他就什么都能搞定的架势，他能不反感吗？

他能够迅速地不爱你，我看很容易理解。即便年龄再小的男生也希望别人把他当爷，而不是当孙子似地宠着。一个男人再重要，也不能比你自己更重要，你把他培养得那么拽、那么高高在上，是为了给自己找累受么？这个时候，看来是不该建议你多想他的好，而是该好好想想你自己的委屈。不要受了委屈还当糖吃。end

想要完美的初恋

我 23 岁，第一次谈恋爱的我渴求着初恋的完美。和男友在一起将近两年，他很疼爱我。甜蜜平静的生活被他曾经的一位异性同学打破，她间接向我告白了她对他的恋情。我转告男友并希望他妥善处理。几日后，我又得知，曾有一次，大醉的男友和这位女同学消失整晚。他的解释很牵强，我半信半疑。在一顿大吵和男友的道歉后我息事宁人了。然而，从此我变得敏感多疑。

男友经常会跟他前女友很要好的两个朋友聚会，搞得我心里都很不舒服。后来我开始和曾经追求过我的男人约会，以此“报复”。报复的成效显著，男友保证再也不去参加聚会。

我很受折磨，虽然也感觉他们关系正常，但还是不喜欢他们经常见面。之后男友又去参加了两次聚会，又一次打碎了我对他的信任。我觉得他很自私，想做的事情一定会去做，即使这样会使我很不开心……

我看你也不是想要什么“完美的初恋”，仅是想要实现对男友“完美的控制”。你这种想法非常的阴谋，非常的不初恋，基本上难以实现。不要听信那些大俗套，什么要把男友管理得服服帖帖才够成功，管理必须建立在“心甘情愿”的基础上，并非你这种顺我者昌逆我者亡的管理法。太生硬，太露骨，不会有效果的。

关于他拉帮结派的问题，你一心想切断人家过往一切关系网是很不现实的。只有在你心里不设置那么多“禁止”，你才能够放松和强大，才真能把他给震慑住，所以，还是请以德服人。

你所谓的“报复”也相当幼稚，他稍犯点事，你就上死刑威胁，你确定他不会被吓跑了？实在不爽的话，倒不如把他拉进你的朋友圈，主动给他安排娱乐，让他没空儿和他的回头草们玩。但最主要的是，不要把这个当成个事儿，否则它就真成个事儿了。end

我是他那个叫姐姐的备胎吗？

Q

他是我的学弟，开始认识的时候，觉得还是一个不错的小孩，比起那些个男孩，他对我有一份尊重的感觉。渐渐地我却发现，我们之间变得陌生了，他应该是恋爱了，我多了一份失落，对他冷淡下来，不理他。最后他终于忍不住了，开始问我是不是不再做朋友了，他说他很喜欢我们一起时单纯的感觉，他不想失去这种感觉。我最终还是没有狠下心来，然后他就一直让我做他的姐姐，他说他跟别的女孩子都是一阵子，但是跟姐姐可以一辈子。

说实话，我很不相信他嘴里的一辈子！我还是忍不住问他，为什么要我做姐姐。他说怕我们的感觉会变，想跟我一直联系着。

我不知道他究竟是怎样想的？真的是把我当作备用么？既然这样子，为什么要费那么大的劲把我哄回来？他究竟是怎么想的呢？

A

这年头，什么认干女儿、认表哥、认姐姐的都有点可疑，实在是那关系没地儿搁了，又没有更好的见面理由，因为哪儿哪儿也都还不至于，所以，先把亲戚关系建立起来。他把你当成打发时间的备胎是可能的，其他款式备胎暂时还看不出来。

从你后面一连串奇怪的提问，说明你还十分期待。但我综合看来，这件事的梗概为：你暗恋上了一个不爱你的人，这个人偏偏还很死性非要把你当姐姐。实际情况是，没有哪个男的想对一个女人示好时，就要求当对方弟弟的。你还是把人家想得单纯点，不要把所有关系都非朝恋爱那边培养。如果连姐姐都懒得当，就不要再给他发言的机会。end

男人是那么容易抛弃一段感情的么？

我今年 21 岁，大学快毕业了，去年年底我才有我的初恋，冥冥之中我好像在等待某人。起初我对他是有感觉的，但他那种死缠烂打追我的方法，让我实在好讨厌，但是我知道我那样对他很残忍，于是我试着努力地去爱上他。

也许有些事真的是注定的吧，经过了那么多年，没想到我们居然还可以在一起。其实他是我一见钟情的男生，我曾经是那么喜欢他，想不通他追我的时候可以那么令我讨厌。当我们拍拖的时候我真的很幸福，因为他很体贴，但是冥冥之中老是让我感觉到不安全，不知道为什么我感觉我们不可能永远在一起的，即使他说到将来要娶我，会对我很好，会怎样对我，我都感觉好虚伪。也许得不到的东西对他而言才是最好的，我相信这是他一贯的作风。终于，我们还是分手了，分得莫名其妙，每个人都觉得突然，我其实很不懂的就是，为什么一个那么深爱你的人可以一下子说分开就分开，他怎么就可以那么潇洒地去面对他的人生呢？为什么他可以做到这种程度呢？我好想让他教教我呢，真的不懂也想不通！

你即便把他给解剖了，充分了解他的构造以后，对你有什么帮助吗？所以我只能理解为，你并不是想学习他的无情高招，仅仅是抱怨他为什么不继续爱你。如果让你不爽的是——为什么同样是失恋，他却不如你更惨，那答案极有可能是因为你对自己估计过高，把他在追求期对你那种“死缠烂打”的精神又延伸理解了。

我刚在韩剧里学来一句台词——“谁会给捕来的鱼喂食儿呢？”虽说这不是所有男人的心态，但是代表了一大部分。在捕鱼时可以调动一位猎手的全部热情、能量，但真捕到手之后，就觉得无从施展了。这是他的不成熟，否则他会懂得伺候一条鱼比捕一条鱼更需要技术含量。

至于你本人的问题则是：即便人家把你放在鱼缸里养着，你也不能误以为自己就是条高枕无忧的美人鱼了，你还是要给他施展“捕获”的机会不是么？end

他怎那么不成器呢？

Q

我和我的男友在一起快四年了，可是四年来，他没做过任何事，事业也是如此。我跟他的交往我家里人一直是反对的，原因就是他没有技术、没有固定的工作。但他是我的初恋，我爱他很深，不舍得放手，也不忍心放手，我也相信他会为我做些什么。可是我发现我错了，一个人的性格是改变不了的。

在我的要求下，他去学了美发，可是他做事不认真，每到一个地方不会呆过一个月。每次我说他的时候，他都会跟我争，不听我的劝，对此，我很反感，也因此经常吵架。我现在都不知道怎么办了？我就是希望他能认认真真地做事，干出一番事业来，让我爸妈接受他？

A

听说外国一些先进的大学里，已经可以公开在 FACE BOOK 上注名自己的恋爱状态了，是在跟 A 好还是在跟 B 好或者单身，以方便其他追求者参考、查询。这不仅体现一个现代化的恋爱心态，也在提醒我们这些恋爱保守分子们——初恋有没有持续到六十年直至“金婚”的标准，真的没那么重要。是谁教你的爱情是在拼长度而不是拼质量呢？非要把我们的爱情耗成“老不死的爱情”才罢休？

人家西半球都进化成那样了，你还在问我这样的问题？ 基于要帮男友成材是一项不可能完成的任务——以后也不要这样想。企图把他从一颗蛋孵出一只小鸡来的任务，你最好还是别揽到自己头上。一是情人的身份毫无说服力，也会徒增讨厌。二是勉强孵出来之后的各种不适，你没有能力负责。所以，还是去找一些已经会自己走路的小鸡好了。让蛋自己去想办法破壳。end

那些花瓜

——“第三者”问题

●什么干哥哥干妹妹的，相当不利于构建和谐社会。

●为了保护好你的小命，我建议还是跳出来证明一下身份吧，免得将来中弹了人家都不知道你是混哪一道儿的。

●真的是有大把的男人，一边道歉一边继续耽误人，一边说着“对不起”一边就真的去干对不起人的事了。

●体会到“只见贼偷没见贼挨打”是什么意思了吧？总不能天下便宜全被咱们占尽，还要求失主帮咱把钱直接汇入银行吧？

●哪有一个悲剧故事的女一号可以过得这么舒服？走到哪桌儿吃哪桌儿？还偷偷给自己留一份长期饭票？真的有种您就该绝食啊！

●我还没见过哪个身怀绝技的人甘愿只跟一个人过招的，不满街找人打架就不错了。

●你这样自己跟自己玩一辈子也没问题，反正小猫追自己的尾巴追一辈子也觉得挺充实、挺有“希望”的，偶尔咬着一回，也觉得一生算见过回“奇迹”。

●你不过是因为太久没恋爱，想找人解解闷儿，便要搭上两个人的伤筋动骨？你一感冒的非要跟人家癌症患者抢病房，合适吗？

●还是不要把好美丽好美丽的爱情，建立在这种好可怕好可怕的男人身上吧。我很理解你渴望当义工的美好心愿。只是，请换一个身家清白的献爱心对象。这样的关系真是好麻烦好麻烦的。

怎么对待想“篡权”的女友？

我和男朋友住在一起，经济上曾有过困难，同事 Z 帮了我们很多忙，她与我男友也因此认识，还经常去我们家吃饭。我和她不同一天休息，她休息会在我们家呆着，我男友没做事，每天都在家，我下班回去看到衣服已经洗了，家里也收拾过，都是 Z 的功劳。我心里很不爽，怕他们这样子会日久生情。他说把 Z 看成亲妹妹，请我不要多心。

我们白夜班一个月转一次，这个月我和 Z 上夜班，Z 还是每次休息都到我们家，我白天睡觉晚上上班。Z 休息的那天他们两个居然就在我们家睡了一夜，他说他们没有脱衣服，不会发生什么的，叫我不要多心。我也相信他们之间是没有什么，可那我也不想看到他们睡在一张床上！他还说要把 Z 的照片设置为屏保，我听了就反感。

Z 有时在我们家玩到十点多才回去，他每次都送她，可我晚上有事出去，他从来都不送。他捧着我的脸咬着牙说：“我求求你不要再吃醋了，你这样子我压力很大。Z 对我们这么好，我们不要关心一下她吗？再说了，我这人对每一个好朋友都这么关心你也不是不知道！”Z 是帮过我们不少忙，我们感恩，可是，他们两个不过分吗？

这个事还真是荒唐，我只能模仿新出的张爱玲一本书的书名感慨一下——“同事男友都很贱”！这种局面，只一个贱人都张罗不起来。你这位女同事已经很不懂事了，借了点钱给别人就天天以恩公的名义跑人家里去蹲点儿？蹭吃蹭喝蹭男友的？她是打算斥巨资给自己租个群 P 俱乐部么？

你男友更加没谱了，当真是人穷志短，拿了点钱就又卖身又卖艺的，他以后是打算靠这个吃饭吗？你要是不拦着，我看是真有点危险了。从他不赶紧还钱反而再次借钱看来，他已经尝到甜头了。你没听过那些著名的故事么——保姆都有可能

升级为女主人，让一个恩人每天处在你们爱情与生活的边缘，那当然是非常危险。

没钱，没性格，没原则——这种人在我看来是完全没有留下的必要。若你舍不得，就要直接跟这两个贱人摊牌，让关系简化回“债权人——债务人”的关系。什么干哥哥干妹妹的，相当不利于建构和谐社会。end

我对他那么好，他还是爱上别人

我和他在一起一年多了。我们在一起的那段时间是我最开心的日子，真的很用心地去爱着他。以前的我，根本就不知道眼泪是什么，但是遇上他后，我就经常掉眼泪。

我和他在一起的时候多数都是我买单，我也从没计较过这些东西，我不想因为金钱而争吵，为我爱的人花钱我觉得没什么。我和他在一起那么久了，他从没有买过任何东西送过我，不管是情人节还是过生日。我经常委屈自己，买好礼物，转交给他，让他再转送我——我都做到这种地步了。毕竟我是那种性格很大大咧咧的女生，当时都已经约定好了毕业后就自然分手，但是到了最后他却提出了顺其自然，就这样走下去好了。

他在外地学习期间，我从朋友的耳中证实到他有了别的女人。我是那么的信任他，他竟然欺骗我！我的爱竟然还沦落到了以时间来计算的地步。再维系一个月，等开学后就真的断开联系，好可悲。他说这不是施舍我，是补偿给我，好不甘心！我那么辛苦等来的竟然是这样的结果！我在生日那晚还割腕自杀了，太痛苦了……

我失眠了，整日整夜地睡不了，就躺在床上等着天亮。每天就去买醉。现在的我也早已麻木了……可就到现在我还在想着当他生日时把和他手机号码一样的QQ送给他，还在打算帮他怎么过生日。我怎么还这样呢，都分手了。我不想要任何的回报，也不奢求什么东西，怎么样才能变回原来那开朗的我？我应该怎么办？现在的我看什么都是很木然的，心是空的……只是单纯的一副躯壳罢了。一直在假装着开心，强颜欢笑，自己真的活得好累好累。

经常回答这样的问题，没原则地爱不如不爱，在遇到百分百坏人之前，肯定是我们给了人家一百个使坏的机会。人是很容易有惯性的，你这么个惯法，多贤良淑

德的男人都会变成白眼狼。如果直接这么说你接受不了，可以用养宠物来打比方——宠物有很白痴的思维路线，如果上次它们啃坏了桌布，你却用妙鲜包来跟它讲道理，那以后它就会以为你很愿意让它啃桌布——因为你的界限给得很不清晰。所以你经常能看到,那种脑子进水的主人养出来的一定也是脑子进水的宠物。

大大咧咧并不代表你可以毫无底线地纵容你的男人，宠物都知道拣软柿子捏，不要说一个大活人了。就算再豪放的恋爱观，在其细节操控上，也不能洒狗血啊！你以为是种地么，真的种下去什么就长出什么？

被这样的男人摆了一道，我看对你很有好处。你这个期间摆一段时间失恋的POSE也是必要的。但也请保重，我还真没见到过失几次恋就真的变“行尸走肉”的人。一旦靠谱的新人出现，放心，你一定会成功“诈尸”的。end

她可以为他去死

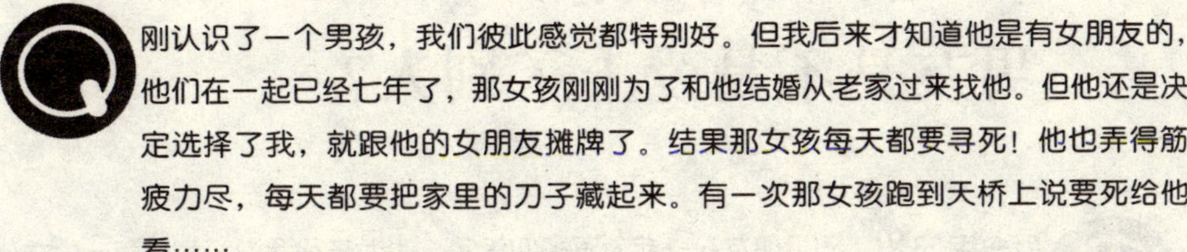

刚认识了一个男孩，我们彼此感觉都特别好。但我后来才知道他是有女朋友的，他们在一起已经七年了，那女孩刚刚为了和他结婚从老家过来找他。但他还是决定选择了我，就跟他的女朋友摊牌了。结果那女孩每天都要寻死！他也弄得筋疲力尽，每天都要把家里的刀子藏起来。有一次那女孩跑到天桥上说要死给他看……

现在我们三个人就一直耗着，那女孩还打过一个声泪俱下的电话给我，说他是她的一切什么的。对于这样一个弱女人，我不知道是不是该退出？毕竟我不会为这个男人去死的！可又实在太不甘心了！

事实证明，任何建立在别人血泪基础上的爱情故事，都不会美好到哪儿去。你根本无须让自己陷入这个怪圈。一个人吃饭总觉得一般，有人抢起来就显得那饭格外好吃。你若报着比赛的心理，恐怕毫无意义，抢到手也会失望。你们毕竟才刚刚开始，放下一个新人比放下一个七年的情人要轻松太多。不过，这个决定应是男人来下。你无须特别表现，这时候最好与他保持一定距离。

如果他确实认为七年是个错误，就让他用自己的方式去了断，你只需安心等待水到渠成的一天，同时也观望自己对他的爱情是否到了非他不可的境地。

再有，就是缘分问题。也许这会是一桩非常无奈的爱情故事。但极有可能你们就只有这样的缘分。那个能为他去死的女人反而是他的真命天子。

但这并不能证明你的“坚强”是错误的。在你和那女人中间，她的苦肉计无论是出于什么目的都是非常恶心的。一个人只有在最无能时，才会用“死”去达到目的。你不是输给她，应该是出于可怜她而退出。end

男友是不是爱上了别人？

我今年 23 岁，和男朋友在一起差不多四年了。他近来和我说，公司有一个女孩子想追他，不过他只当她是普通朋友。我起初没在意，但那女的频频发来信息都被我看到，我就开始有点不爽。我问他为何不说你有女朋友了，他却说突然这样说很唐突。

我忍不住偷偷看了他们 QQ 的聊天记录，虽然没说什么特别的话，但他老是称赞那女的“很可爱”，还有一些东西他都没有和我讲过。更可气的是，他竟然主动问那女的“有没有男朋友”，我觉得这是会让女生以为别人想追他的试探话。而且，他明明说好了国庆跟我一起回家的，但是却和那女的说他是回他自己家，我气死了。

读大学时，是他追我的，对我很好，一直很忍让我，我也一直以为没有什么女孩子会喜欢他的，完全放松警惕。我是处女座的，对他也很挑剔，也不会很温柔，更很少撒娇。看到那女孩子说话嗲嗲的，我真不是滋味了。他难道不再喜欢我了吗？我应该怎么办？

如果你已经把你男友设定成一个“没有女孩子会喜欢”的人，并且就以这种方式对待他，那难怪他要到别处寻找暧昧感觉——这时候如果冒出一个爱慕者，他该有多 high 啊。既然你已经无视他魅力的存在，那就让魅力在别处开花……所以他小心翼翼地“处理”跟那女孩的关系，似乎是可以理解的。

感情世界哪儿有什么一锤子买卖呢？因为人家当初追的你，所以你就当是上了

→

全险，可以不维护也不经营？当初追得轰轰烈烈，之后要求退货的也多的是啊。如果是处女座，除了挑剔，还会有点骄傲，要把一开始的姿态就摆下去，是不会有什么好果子吃的。既然你已经很清楚地知道自己的不足，就赶紧改。而不是以更加理直气壮的姿态追问那些莫须有的私情。

目前看来，他也仅仅是找点精神满足感而已，应该还不会有什么举动。但保不齐会跟随你的态度发生质变。end

我该怎么报复他？

我男朋友在一家公司当人事主管，这工作是我爸爸帮忙介绍的。我们本来打算今年十月结婚，可前不久他突然要分手，原因是他和一个女下属发生了关系。

我问他是否因为我们不常见面（我们不在一起，中间隔了一个多小时的车程，平常一周见一次），而那女的天天见，日久生情？他说对。可是他到这家公司不过两个月，我不明白为什么这么快他就变了心。据我对他的了解，他应该不是一个随便的人。当初我们谈了半年恋爱才发展到那一步。

他提出分手之后，我故意去亲他，他居然在很短的时间内就想和我发生关系。我没想到自己曾经爱过的男人会这么下流，一点控制力都没有。

我又想，可能因为他现在身处高位，人变质得快，所以我提出让他辞去这份工作。他不肯，说当时我爸给他介绍的人是个中介，还收了他的钱。还说他是凭自己能力才得到这份工作的。我说我爸是把你当未来的女婿才给你介绍的，那人虽是中介，却是我爸的朋友，没有他你会进去吗？他却说，你爸只是帮了小小的一点忙。

现在距离他提出分手的时间已经半个月了，我现在心情已经平静了很多，但是让我一直不能理解的是：一，他为什么还有脸留在那个公司？我该怎么做才能把他的工作弄下来？二，为什么在那么短的时间内就和别人发生了关系？把我当什么了！我们毕竟谈了两年恋爱了，而且就快结婚了，我怎么才能出了这口恶气？

我很理解你的愤怒，你爸爸他老人家的一个中介，不仅解决了他的工作，连带性生活都解决了。这种怨恨经常能听到——为什么你穿着我送你的衣服去和别人约

会？为什么你在我租给你的房子里和别人乱来？只有恨得相当没效果时，人才会把注意力放在这些“中介”上，呈现出恋物癖的另一种表现形式。

可以让你消除去把他饭碗砸掉这个不靠谱念头的办法是：如果你已经认识到他是这么一位“一点控制力也没有的下流男人”，那么即便你爸爸安排他去屠宰场杀猪，他也保不齐会跟猪女郎发生关系。在这问题上，你是一点办法也没有的。因此不要再去搅乱人家正常的工作了，否则只能又给自己添一肚子堵。我只负责解决精神问题，不能负责帮你买凶杀人。

再来说你的第二个问题。你从这件事唯一能获得的正面教育是：以后帮男人要讲究方法。他为什么会迅速找一个比他位置低的女人取代你？肯定是你以及你那个很有本事的父亲，给他施加了无形的压力。我从你口气中，能听出你“提拔、看得起”的意思，你的控制欲已经足够紧迫到让他到别处去寻求宽松了。所以，建议你以后不要爱你根本就不尊重的男人。人家也有腿啊，让他们自己去奋斗。end

该不该把他抢过来？

我是一名在校的大学生，一个偶然的机会认识了一间公司老板的儿子，年纪跟我相仿。第一次见面的时候，我就已经被他所吸引。我知道他有女朋友，所以也没有把他放在心上。刚开始的时候，我感觉不到他对我有好感，后来聊天的时候他告诉我，他其实一开始就对我有好感，但是由于害羞，没有跟我说。

我们网上、手机聊过一阵儿之后，就比较频繁地见面。他经常买些东西给我，我也会买一些东西给他。我们也会去一些高档餐厅吃饭。我们会做男女朋友之间会做的事，例如牵手、接吻之类。每次我跟他在一起，都感觉是他的情人。我问他打算什么时候跟他女朋友分手，他叫我给他时间，他说他女朋友是个很不理性的人。他女朋友不在国内，所以他们很少有机会见面。

有一天，他吻我，然后想跟我发生关系，我拒绝了。我是个保守的人。他也向我道歉了。有一次我送给他的东西，他没带在身上，我生气了。他哄了我将近一个小时，我还是很生气。第二天上午我还在生他的气，说了一些比较伤人的话。下午他跟我说，他觉得做我的普通朋友比较好，说我们之间存在的很多想法不一致。然后我们分开了。

后来，我费尽千辛万苦才从他口中得知，原来他说的想法不一致是他不满意我对男女方面问题的处理方法。因为我长得不错，学校和外面追求者较多，这他也知道。他是个比较内向、害羞的人，老问我有没有喜欢的人、他有没有机会、他在我心中排第几位、其他追求者的条件如何，等等。他说待他单身后，一定会好好追我。我说我给每个人的机会都是平等的，其实我心里喜欢的只有他一个。

→

因为他还没有跟他女朋友分手，我不知道我们将来会不会在一起。另外一个目的是想刺激他快点跟他女朋友分手，我希望他跟我说：我们永远在一起吧。因为我是矜持的女孩子，就算我喜欢他，我也不会直接跟他说的。

我想请问，您觉得他是否真的爱我？您觉得他跟我分开的原因是什么？是因为他女朋友不在国内，寂寞了才喜欢我呢，还是因为那天我没有跟他发生关系？还是因为我没有跟他表白？还是他觉得我太多人追，觉得我会给其他人机会，所以选择放弃？我真的很喜欢他，但我只喜欢他这个人，并不是因为他的钱。而且这是我的初恋。我想我在感情方面还是不太会处理问题，我们已经分开有三四个月了，我很痛苦，他经常会出现在我的脑海中，已经严重影响了我的学习和生活。我很想挽回这段感情。请您教教我该怎么做好吗？谢谢！

你还不错啦，用别人的东西可以用出这么多感受心得，百转千回的。如果用得差不多了，人家东西要自己跑回到主人身边去，你说我能给你些什么忠告呢？如果你既想该男生自己幡然醒悟，又不想主动去做点什么，那我在这里帮你分析他的心理有什么意义？还不如你把他手机号告诉我，我帮你把方针传达一下。

但是另外，这种闷骚男生，可以背着“不理性的女友”，又去别的女生那边排队，你真觉得可以跟他谈什么“永远”吗？一个男人要是想认真地与女生恋爱，是不会带着这种不负责任的因素去开展的。要是他跟你好了以后，也动不动就跑到别的女生后面去排队，你受得了吗？不要说什么到你这儿就到头了，惯犯是很难改的。所以，现在是他站错队的问题，不是你。顺便说一句——我真不觉得这个男生会很羞涩。

若你横竖就是要抢过来，那就摆出抢的架势来。当然首先是要名正言顺，即便他现在一百个想追你，但如果是那种踩两条船的追法，你也绝对不能心软。让他自己先把后院清理干净，否则不值得你这么心猿意马的。end

为了得到他，先和他哥们儿恋爱

认识 A 快两年了，只是比较普通的朋友，以前还会一起出去玩，但是自从向他表白说我喜欢他以后，我们就很少见面了，连电话联络都没有。可是我心里还是很喜欢，试过很多很多的方法，第一次学织围巾和手套，想要送他，可是后来又难为情，就送给了好朋友……能想到的事情我都做了，但是他说我们只是朋友，我也只有放弃。

没想到后来他的朋友 B 却说喜欢我。本来我对那人一点感觉都没有的，但是因为是他的朋友，加上他们一起租了一间房子住，想到又会有机会和 A 见面，于是就答应了。后来也住进去了，不过我是单独在一间房睡的，B 想要有进一步的发展都被我拒绝了，因为我心根本不在他那儿。所以一起快两个月，我们仅仅只是牵手而已。而 A 竟然也能够很坦然地和我做朋友。

后来 A 也交了个女朋友，有天晚上他把她带回家来了，我当着他们的面就哭了，哭得很厉害。他也许知道是为什么，从他的表情上，我看到一些异样，可能他也觉得对不起我吧。但是他们还是在一起了。

每次四个人一起出去吃饭我就很郁闷，很难受。A 也说我干吗总这么抑郁。我觉得很对不起 B，现在的我很想摆脱，很想搬出来，很想和男友分手，可是又不知道怎么开口。我也很想把心里的这些想法和 A 说，因为一直都压在心里很难受。只是又怕他会和男友说，因为他们是好朋友，男友知道了我和他在一起的原因后，会不会怨恨我？所以很苦恼，我该如何是好？

→

看出来了，你想把《无间道》那一套用在你爱情生活里——不管怎样，先打入黑帮内部，跟小弟们混个脸儿熟。

但是，由于您的风格太像一位小混混所为，所以您的总部几乎都认不出您来了，以为您真的就是去收保护费的。

你知道电影是怎样收场的吧？我们警察派去的内线，百口莫辩，连档案都被坏人删除啦，最后不了了之地死掉……如果你都还不如梁朝伟的智商高，那就不要去玩这种高难度的间谍游戏好不好？为了保护好你的小命，我建议还是跳出来证明一下身份吧，免得将来中弹了人家都不知道你是混哪一道儿的。end

该不该去争取一个有女友的男人?

第二次见面的时候就毫无例外地发生了关系。当时我并不在意他的女友，因为没准备跟他有什么长期的关系。但是事情的发展却不被我所控了。我很爱玩，经常和男性朋友出去唱歌跳舞到很晚。开始他只是说担心我，怕我回来晚会危险，凌晨两三点他也会电话来“查房”。时间一久，我就不好意思总让他半夜等我的电话，只好不再出去玩。再后来，他说不喜欢我跟除了他以外的任何异性联系，他说这是因为太在乎我。我慢慢疏远了别的朋友。

他曾经跟我说过，有一段时间想跟女朋友分手跟我好好处，可是又觉得她很可怜，毕竟她跟他处了七年。他总说如果没有身上这个责任，他这辈子认定就是我了。我听到这话的时候并不感动，觉得像一个已婚男人对情人说跟妻子没有感情只因为孩子而在一起一样虚伪。我能感觉到他还是非常在乎他的女朋友。

我从不过问他们之间的事，但是他却干涉我跟朋友的交往。只因为他认为他跟她是名正言顺的，如果我跟异性出去则是对他的不忠。他也总对我说这样对我不公平，感觉是在耽误我，但是对我他就是放不开手。我觉得自己也陷得很深了。可是因为自卑又不敢争取，怕后果是不但没把他争取过来，反而使自己很没自尊；另一方面也是不想让他做负心人，如果他能为了我跟处了七年的女友分手，他会不会为了别的女人而抛弃我?

说到底，男人最终都有当皇帝的梦想，后宫三千也仅仅是个气势上的满足，更重要的是即便有两千九百多个妃子在后宫等他等得床上都长蜘蛛网了，也不能够出

→

去找别的男人解决，必须死忠到底。这难道代表皇上对她们每个都“太在意”、“害怕她们外出不够安全”？

这是该男人的鬼话之一。其次，一般经过一番现代化教育之后，一般男性都知道，女人跟他们是平等的，不能干涉人家的自由，尤其不好干涉一个自己的偷情对象。但是你这位仍然控制不了地在控制你的私生活。我认为这是他做人的低等之处。即便你给抢过来，也会过上囚犯一般的生活，并不值得憧憬。

这个男人的鬼话都很经典，可以作为劈腿族们的课本了，比如什么感觉“是在耽误你、又放不开你”。真的是有人把的男人，一边道歉一边继续耽误人，一边说着“对不起”，一边就真的去干对不起人的事了。

这两点如果你没考虑到，请再综合考虑一下，是否要抢，或者等。end

我这样算脚踩两只船吗？

同事 A 追求我，他条件不太好，但很像我大学时的男友，所以我没拒绝。一个月后我遇到了另一个条件相当的男生 B，我选择了 B。

A 要我去讲清楚，我去了，但不知因为愧疚还是什么，和他发生了关系。A 表示，不需要我付出什么，只要我心里有他就好了，他可以为我做任何事情。我的虚荣心一下子膨胀了起来，从此和 A 维持这种不清不楚的关系。

我和 B 买了房准备结婚，A 突然说要结束这种关系，要去追别人，我听了简直要疯了，就不停地给他打电话、发消息、在 QQ 上求他……没多久，这份聊天记录被 B 发现，他气疯了，坚决要和我分手。我哀求、发誓，把他挽回了，但从此我在他面前没有了任何的自主权。他的父母提出要把当初为了结婚买的房子卖了……他们是不是不想认我这个媳妇了，是想这样来逼我提分手？并且我现在不能马上和 B 分手，我怕他的父母到时候拿我和 A 的事情到处说……

你的思维还真是相当混乱——想拒绝一个人的时候，就跟人家发生了关系；刚给别人戴完绿帽子，就立刻答应同人家结婚；刚说要结婚，又贱滴滴地乞求绿帽子不要离开你……照此逻辑推测下去，你是不是吃饭前一定要先洗脚？

人不能混乱到这个地步。就是说，不能混乱到在人生的每个阶段、每个选择上都脑子进水。蒙也能蒙对一次吧？

体会到“只见贼偷没见贼挨打”是什么意思了吧？总不能天下便宜全被咱们占尽，还要求失主帮咱把钱直接汇入银行吧？做贼就要低调点，不是么？尤其是你这种

初来乍到的新手。

另外，你这么大一个把柄落在人家手里，后半辈子估计也好过不了，而且显然，你遇到的是一个得理不饶人的主儿。会发动全家来“欺负”你的男人，我看也不怎么样。与其在赎罪的背景中跟一个小心眼男人过日子，不如闪人。end

背着男友和他哥们儿偷情

和他认识是在男友的生日宴会上，后来男友因为工作去了上海，他有事找我帮忙，几通电话之后熟络起来。我对他有好感，但他是我男友的好友，所以只把这份好感藏在心底。

终于有一次在他家喝高了，发生了关系。他问我能不能当什么事都没发生，我很生气，但是为了大家好也只能这样。他是个宅男型的，一向很少和女生接触，像我这么主动的还是第一次遇到。可能因为寂寞，也可能是喜欢我，总之他又找我了，我们就偷偷地甜蜜又痛苦地恋爱了。

朋友都劝我不要放弃上海的那个可以做老公的好男人，说现在这个不会有结果，于是我仍然每天接男朋友的电话，听他亲密地叫我老婆，其实我对他已经没有感觉了，只有愧疚。

我对小情人说只要他愿意和我真的在一起，我就彻底和上海的分手，但他说这不是交换的筹码。我们在一起甜蜜总是短暂的，更多的是妒忌，哀求，一次次分手，一次次和好，我始终放不下他。

一年后我和上海的男友分手了，小情人却不愿意和我在一起，他说我的爱让他鄙视。我知道这一切是我的犹豫不决造成的，但真的都是我的错吗？！如果是真的相爱，为什么不能在一起？

我看你的小情人是怕背上挖自己兄弟墙角的恶名，才不敢接手你这位烫手山芋——而你也给出了足够多的理由让他拒绝你——首先你就跟包二奶一样把人家

包了一年，同时还相当标准地与大奶保持热线联系，人家也是血肉之躯也需要个名分啊，不能这么不清不楚地就充当一年为别人打发寂寞的工具。既然你营造的是这种偷情的气氛，就不能怪他鄙视你。

另一个不能令你这段风流韵事显得悲壮、感人的因素，就是你把自己摆得太安全了。哪有一个悲剧故事的女一号可以过得这么舒服？走到哪桌儿吃哪桌儿，还偷偷给自己留一份长期饭票，真的有种您就该绝食啊！我看你的小情人没什么错，倒是蛮有气节的，既不挖墙角，又不食过期饭。所以，什么是“真爱对方”？用一年的时间侮辱您的真爱？我就不信，真爱来了还有人顾得上吃饭。end

为什么总是爱上已婚男？

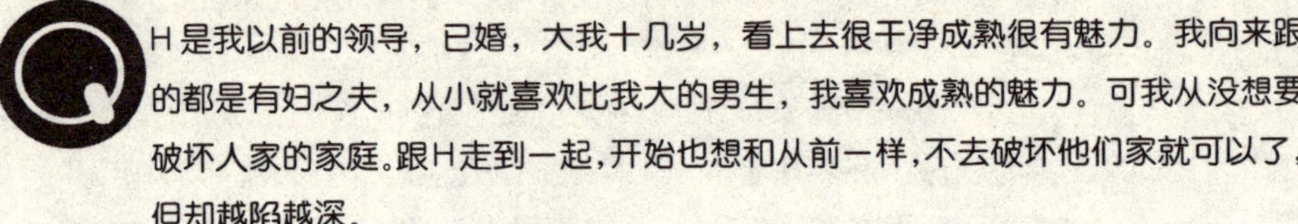

H 是我以前的领导，已婚，大我十几岁，看上去很干净成熟很有魅力。我向来跟的都是有妇之夫，从小就喜欢比我大的男生，我喜欢成熟的魅力。可我从没想要破坏人家的家庭。跟H走到一起，开始也想和从前一样，不去破坏他们家就可以了，但却越陷越深。

我曾去过他家，一点都不像个完整的家，不像有老婆的样子。可熟人说他老婆很漂亮，而且他们感情很好，可他为什么晚上不回家？或是深夜给我打电话都没人管呢？他说他正处于人生最低谷，感情出现危机，还说他现在正在被提拔，离婚对他不利。

有次我骗他，说我可能怀了他的孩子，他竟然叫我好自为之，还说以后不要再联系了，我很伤心。后来我说没怀，也真的不理他。他又回来拼命请求我原谅。我还接到一个女人要求我离开他的短信，似乎是他的另一个情人……最近他提出要我正式跟他在一起，可我跟他之间有太多说不清的东西，他到底是否离婚我都不知道。但我现在已经不能没有他了，我真的不知道该怎么办好。

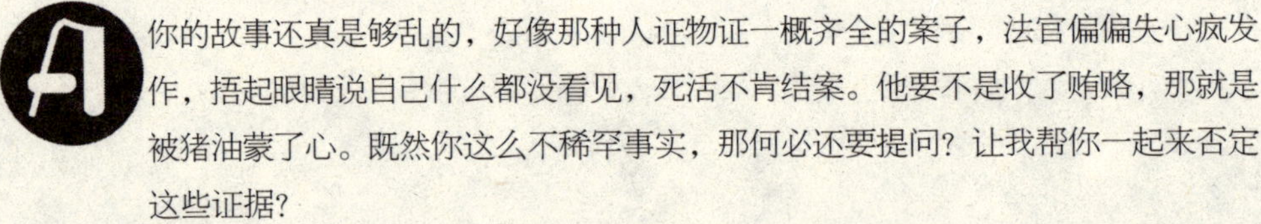

你的故事还真是够乱的，好像那种人证物证一概齐全的案子，法官偏偏失心疯发作，捂起眼睛说自己什么都没看见，死活不肯结案。他要不是收了贿赂，那就是被猪油蒙了心。既然你这么不稀罕事实，那何必还要提问？让我帮你一起来否定这些证据？

两个人之间如果连“是否已婚”这个问题都没有时间或勇气问出口，那你们到底

→

在忙些什么？你想了解他都弄得偷偷摸摸，你还真是认可你作为情妇的身份啊。

不得不让人怀疑，你们的关系里究竟多少可信的成分。一个男人听到自己的情人怀孕就让她好自为之，你认为这也属于“一个成熟男人的魅力”范畴？是不是天下的混蛋脸上都用黑体写着“混蛋”二字，你才能认出人家是混蛋？

不要指望已婚男会把你当成最后一站，你不过是帮他把豢养小蜜这一才艺再练习一次。我还没见过什么身怀绝技的人甘愿只跟一个人过招的，不满街找人打架就不错了。end

被她的自杀打败

我和男朋友在大一时认识的，我俩的感情一直很好。上大四后，我开始考研，他很支持我考研，我一直觉得自己很幸福。

就在我觉得我是世界上最幸福的人时，他对我说分手，我当时就晕了过去。我追问才知道，在我考研期间，他跟网上的一个女孩发生了关系。他想跟这个女孩断绝关系，但这个女孩很喜欢她，把自己的第一次给了他。她有种被骗的感觉，自杀了，但未遂。她父母知道了这件事情，威胁我男朋友要通过学校和法律解决这件事情……

虽然我和我男朋友没发生过那种关系，但我俩在一起三年多了，都有一种亲情融入我们俩之间，真的没有预料到会有这么一天。我真的好不舍，但也只有退出，为了他的毕业证、学位证、工作，我同意和他分手。我好心痛，我什么都为他想，爱他，怕伤害他，为什么必须这样？男人真的都靠不住吗？我不想这样，我只想平平淡淡，真真实实地过。我该怎么办？

经过这一次伤害就一竿子打翻所有男人，也确实有点委屈他们。但至少，你这个男友扔了也就扔了吧，没什么好可惜的。虽然有些情况下，男生更吃威胁、耍混蛋那套，善解人意的好女孩反而会吃亏，但估计让你去耍混蛋你也耍不起来。自杀就更丢份了，把自己当人的谁能干得出啊！一个男人被人家用这种低级手段彻底打软，也够㞞的了，你要是被这么两位㞞人给气死了，也太不值了。

你该感谢这样一件事，让你男友本性曝光，不然以后把你气死的机会还多呢。他

→

这样的，还真是不够作为男人代表。

建议抓紧伤心一个月，就赶紧开始新生活吧，下次找男友时别再找这种色憋的了，见个网友都搂不住，这点儿出息！end

情人七年

喜欢他已经快七年了，从大一到现在。其中的分分合合已经有很多了，曾经伤心过 N 遍。他没有结婚，但是有女朋友，当然这是在和我好的时候交的。从认识他到现在，他换过 N 个女朋友，逼我跟他分过 N 次手了，我什么都知道，却不能不去爱他，只要他回来找我，我就会和以前一样，仿佛那些哭得要死的日子从来就没有过。

现在已经七年了，我知道他现在的女友将会成为他的太太，他让我不要再等他，但是我却一直这么固执。我们的关系不能公开，不能打手机、发短信给他……可我还在坚持着，他没有给我任何承诺，我也没要过。

现在的我，两星期见不到他就完全不想活下去了。我怕自己失去这个希望，而希望就是他。什么时候我能找到出口？我一直希望我能看见奇迹，你觉得我能看见吗？

虽然我非常不能理解，但是对你七年的毅力还是怀有敬意。什么事儿能连续干上七年不气馁，必然有它的道理。痛苦痛出美感、痛出韵律来，也是完全可能的。大家构造不同，我也不能就说你的构造不合理。

要我说，这七年无论信息量还是含金量都太低了，来回来去就这一件事，学不会“放下”的人，也就无所谓“得到”了。尤其这么长时间，雪球越滚越大，扔都没地儿扔去，等年龄再大点，你就会知道自己磨出怎样一把利剑了。那时你再对着自己一身的伤口，估计就没心思抒情了。end

上司和男友，该选哪个？

我男友是个爱我、温柔体贴、脾气好、有上进心的男人，可是我的上司让我很困扰。上司其貌不扬，不能和我高大、帅气的男朋友相比，脾气也没有我男朋友好，但通过工作的接触我对他越来越有好感。

后来还发现我们的爱好一致，甚至喜欢同一部电影，做事也非常默契，这更让我有点情不自禁。但我听说他非常花心，虽然他说那些都不是他所想要，只是一直没有找到合适的。我怀疑这不过是花心男人的惯用伎俩。可随着接触时间的越长，我并没有发现他人品有什么问题，相反他对工作负责、对下属也很宽容，即便是发脾气，我也觉得他可爱。这是怎么回事？那我那个完美的男朋友呢？我该怎么办？

你这问题，可以参阅张爱玲的小说《红玫瑰白玫瑰》开篇，“娶了红玫瑰，久而久之，红的变了墙上的一抹蚊子血，白的还是‘床前明月光’；娶了白玫瑰，白的便是衣服上的一粒饭粘子，红的却是心口上的一颗朱砂痣。”蚊子血和饭粘子我真分不出个好坏来。

对于追求意境的恋爱选手来说，总归是远的比近的来劲，没到手的比到手的来劲。可我觉得，但凡在做选择题的，很有可能是两个都有些差强人意，都还不符合绝对的标准答案，否则就没必要提问了。

在恋爱时东张西望固然有它的热闹和乐趣，但真想操作还是得慎重点。总有一天你也会想不明白，为什么当初会为了一颗“蚊子血”就跟“饭粘子”拼得头破血流。end

该不该等他和女朋友分手？

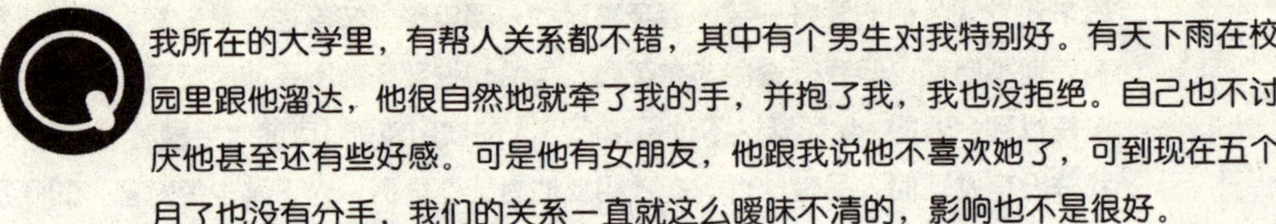

我所在的大学里，有帮人关系都不错，其中有个男生对我特别好。有天下雨在校园里跟他溜达，他很自然地就牵了我的手，并抱了我，我也没拒绝。自己也不讨厌他甚至还有些好感。可是他有女朋友，他跟我说他不喜欢她了，可到现在五个月了也没有分手，我们的关系一直就这么暧昧不清的，影响也不是很好。

他说让我等两年，等毕业如果还在乎就在一起。我真的很无奈。他说这样他分不分手又有什么区别，可我受不了偶尔在超市里看到他牵女朋友的手（虽然他说他心里想着我），受不了偶尔他会跟女朋友在外面住。明明难受却又不能跟周围的朋友说。

跟他说过算了吧，可听他难受的声音又改了主意，就这样一直搁着。这个没有未来的爱情我该怎么面对？

如果你是个很认真的人，就最好跟这种暧昧高手保持距离，人家所有扔出的空头支票，你那边都当真的似地捧手里，将来找谁去兑现啊？而偏偏这种有信誉危机的人，还喜欢到处给人开空头支票——什么两年后“如果还在乎就在一起”，这句话翻译成人话应该是——他给他自己两年的时间来当脚踩两只船的大爷，你作为船之一就自己看着办吧。

谈恋爱不要只用听的。不仅不能对其声音投降，更不能对其声音所传达的空洞内容投降。负责任的男人一定会摆平了一边再开始另一边。这种“很自然地”就花开两朵的，你还是不要抱希望吧。多尊重一下自己没坏处。end

是否该抛弃男友，另结新欢？

我和男友在一起快七年了，已经认定我们会结婚。可现在我又对另一个男生心动，甚至想和他在一起，他也很喜欢我。在他知道了我的前两段比较复杂的感情（我在没和我男友分手的情况下，又和另一个男生有过暧昧关系），他开始没有信心了，可是他的内心还是喜欢我，这使得他也很苦恼。

我现在想和我男友分手，认真地和他在一起。可是我又很舍不得我男友，我现在是怎么做都心痛，都没心思读研了，常常一个人坐着就泪流满面，怎么办呢？

没有任何一段关系可以既有熟悉、了解、左右手般日累月积的默契，同时又兼备一夜情般的激动、新鲜、未知、从开场白开始，这不符合事物的运行逻辑啊，什么东西可以又新又旧的呢！它甚至也不是鱼和熊掌的关系，只是时间先后罢了。请结合这点考虑，看看这位新人还有多少是必须的。

或者你还可以更剽悍，既然敢于习惯性跳槽，就爱谁谁，把主题定明确了，就图一新鲜，然后也就不必再麻烦自己心痛来心痛去的了。就算是动物界，更换伴侣也难免有场剧烈撕咬、掉毛掉肉的，有人受伤那是必须的。选择这档子事儿，还不是你自找来的！end

怀孕了，爸爸不是他

我遇见了一个很好的男人，他 23 岁我 20 岁。在他之前我曾有一段很悲伤的爱情，那段感情让我很绝望。但我遇见了他，是他让我知道原来还有真爱。所以我动了心接受了现在的感情。我们在一起快乐地过了十几天，他便回海南工作了——他要在海南两年，然后再调回我们这里。他让我等他回来。

在他走后不久我怀孕了，我以为那是他的，便告诉了他。可他突然问我孩子是不是他的，我懵了，仔细想来，才发现真的不是他的。于是他便很伤心认为我骗了他。但我没有骗他，有孩子是在认识他之前。他很伤心，要和我分手，后来又说给我一年时间等他，一年后再说。

我真的很爱他，但现在我们总是在争吵。我还发现，还有个女的在和他联系，在等他回来。我真不知道自己该怎么办。

你这个，可以做一份 20 岁女孩的《犯错词典》了。我帮你先归纳几条——

1. 刚“绝望”过一次，转脸儿就觉得遇到了“真爱”（根据你怀孕时间推算也就是十几天的事）——这种几率实在太小了。你以为姐姐们都在忙什么，你一个月就能遇着俩真命天子？

2. 跟一个十几天后就要去异地工作两年的男人上了床，并且依然不采取保护措施——想什么哪！虽然你的未来比别人长，也不能这样挥霍啊。就算你想先交订金把人订下，也得先保护好自己的其他财产啊。反过来说，这男人也没多靠谱。

3. 怀孕了不问青红皂白就乱认失主——私生活混乱、生理课混乱也就罢了，处理自己隐私的功课更是不及格。

再埋怨过去这些也没什么意义了。现在我看你最重要的事，不是跟他扯骗不骗、爱不爱的问题，而是赶紧把怀孕的事情解决了。等不等他回来的，你完全没有义务和必要。end

在我怀孕时还劈腿的男人

我和男友分分合合快六年了，过年的时候见到他，他喝醉了，强行和我发生了关系，结果我怀孕了，现在已经四个多月了。

“五一”放假他到我这里来陪我去做手术，结果一天晚上我从他短信发现他脚踏两只船，我伤心得很。他解释说他和她是因为喝酒醉了后才在一起的，他根本没当真。还说那女的脾气比我好。我很难过，分不清楚他话的真假。这段时间他还不停地和我发生关系，我不知道如何抉择。

我想和他在一起，至少我对他没有负罪感，但是他又这样背叛我，我无法原谅。想离开，现在还怀孕，觉得自己付出的太多了，我的第一次也是给了他，觉得自己很不值，分手后我都不敢和别人在一起，因为我很在乎自己的忠贞。所以一直这样拖着，六年了，分分合合的六年让我遍体鳞伤。

我不知道怎么解决这一切的一切，不知道怎么抉择我们之间，不知道怎么面对我以后的生活。很喜欢《女友》，也很喜欢这里的咨询，一针见血，所以我给您写信，希望能得到一份理智的答案，因为现在的我已经分不清楚了。

六年，就算是块黄金还镶钻的鸡肋，你也应该能咂摸出个决定了吧？觉得自己奉献了忠贞、时间，还怀了孕，这里不值那里不值，一副很会算的样子，但最重要的怎么不算？你再划算上两年，也只能是继续白扔两年，然后被这个垃圾股彻底套牢。你觉得忠贞就值得让自己闹心一辈子么？而阻止这一切也只是下一个决定而已。

→

鉴于你现在线头太多，建议你先剥离成一件件具体的事去解决——给自己一个月时间养好身体、应付周遭的相关事宜，再用一个月时间跟性格开朗的朋友出去耍，等等。只是不要把自己关小黑屋里，咬着床单，满脑子都是“遍体鳞伤、六年、脚踩两只船”之类的苦情内容。那样想下去，再强悍的人也会把自己给想哭了。end

为什么他今非昔比？

有一个男生，叫他 A 吧！他出现时，我还和我男友在一起。刚开始，我们就是散散步，打个饭什么的。后来，他知道我有男朋友了，我也知道他喜欢我了。可是我还是会约他出去，因为和他在一起很开心，是那种发自内心的欢喜。

我开始只是想把他变成我哥们儿，可慢慢我喜欢上他了。我觉得这对爱我的男友不好。我便在我男友来看我的时候，在 A 面前大肆上演我们的幸福，我想借这样的方式来掩饰我的负罪感，没想到却狠狠地伤了他的心。他对我的温柔越来越少，看我的眼神越来越无奈。

后来，由于现实原因，我和男友分手了。我知道，和 A 也不可能在一起。可是心里好不舍，我试着去做些什么，可他的态度一直阴晴不定。我好生气，就给他打电话说我喜欢他难道就该被他控制、就该没有尊严吗。他说我有男朋友的时候寂寞叫他陪我，现在他不愿陪了我就生气诸如此类的。我觉得特别难过，心特别痛。现在我很想把我的心里话向他说明，不想让他误会是因为寂寞才会找他……

我确实也不太相信偶像剧里那种桥段——为了让心爱的第三者死心，就当他的面和自己男友亲热，貌似心在滴血什么的。没有哪个正常人的心可以像一坨桥段般冷血的。所以我姑且先把你放入特殊构造区。你那么做，到底是为了负责任啊还是不负责任啊？你希望达到的效果不是已经有了嘛，人已给你气跑了，他就差没像个贱人似地原地等你。你总要把人家小三儿当一次人吧。

→

之前讲过无数次了，不能什么事儿都就着自己舒服，脚踩两只船的是你，享受到当面甩人快感的也是你，最后空窗了想迅速拿人家填空儿的是你是你还是你。姐姐也认为世间这么爽的事儿已经不多了。end

哪个才是鸡肋？

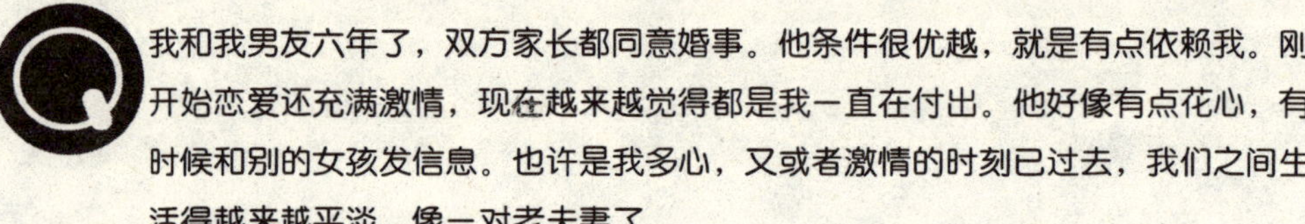

我和我男友六年了，双方家长都同意婚事。他条件很优越，就是有点依赖我。刚开始恋爱还充满激情，现在越来越觉得都是我一直在付出。他好像有点花心，有时候和别的女孩发信息。也许是我多心，又或者激情的时刻已过去，我们之间生活得越来越平淡，像一对老夫妻了。

更让我头疼的是，最近有个已婚男人爱上了我，经常打电话关心我，为我平淡生活中加了一点料。但我和我的家庭是不可能接受他的。我现在有些迷惘了，我是该继续爱着我爱的那个人呢？还是该接受这个爱我的人？

先说后面这个为你生活“加了一点料的”男人。我看你们也就是互相加了点儿料，你见过谁会把辣椒当主食吃的？你正房男友就算寡淡，好歹是碗正经的米饭啊，你让米饭和辣椒一直穷 PK 个什么劲儿啊？找下家儿也要找个身家清白的，不然从一个深渊换到另一个深渊，图什么呢？就图个不平淡？

成功的恋情，你所谓的“老夫妻”们，是想到了办法去中和这个不可避免的过程，是把“平淡”过得有滋有味，而不是一平淡了就开始琢磨红杏出墙。end

两个都很爱我，该选哪个？

我很茫然。有两个对我很好的男人，同时出现在我的生活中。一个是一直交往着的男友，我们已经交往了三年多，期间我阴错阳差花心了一次，但是之后他原谅了我的任性，我们复合了。虽然他对我的好，让我很感激，但是我们的矛盾却始终不能化解，因为他根本不了解我。

现在，一个同样很疼我的人出现在我身边，他是个了解我如我的人，跟他在一起，我感到在跟自己对话一样的舒心。他是个特痴情的人，对我的疼惜超过任何人。我跟他说过，也许我们无法在一起，他落寞的表情让我很心疼。

一个是对我一直专情却不了解我的的男友，一个是深入我灵魂让我心疼的男人，我到底该怎么办？

你要知道，特殊情境下真的能制造出一些特殊感受。不然那些出轨的男人们，怎么都觉得路边野花们各个都能“深入灵魂”、比他老婆更能了解他？我觉得，找对人虽不容易，但找一个完全不对的人也不是容易的事儿，想当初也是精挑细选的啊。

当真把路边野花植入家里，一天到晚 24 小时对着，估计各种“不理解”也还是会涌现出来的。那时，你是不是又要去找一株陌生的野花来，以短暂的新鲜感来冒充“深入灵魂”的感觉？

婚前这种震荡很正常，但你最终不管选哪个，都要先练好“珍惜”这项技能。正常人都得靠这个过日子。end

男友爱上我的漂亮女友

我跟男友在一起一年多了，他是我的初恋，我一直以为这是我最快乐的一年，可他却对我最好的朋友一见钟情。她不仅有倾城之貌，还有着火辣的身材和甜美的歌喉，在学校是校花，大家都叫她西施。男友见了她以后就魂不守舍，整天想着她。有一次我和男友去旅行，他居然让我带上她！我对他生气，他还说我小气，对自己的朋友都这样。

我真的怕他会丢下我，可我明知道自己不是“西施”的对手。十二年的交情了，我不想毁掉，可又心如刀绞地看着男友一点点陷进去，我该怎么办？

我建议你抛弃他，让他到一边心如刀绞去。不仅当着你面跟别人玩爱慕，而且还是对你的好朋友，他对你的在乎我完全看不到啊！要是你还分辨不出什么是“自私浅薄”、什么是“见异思迁”的话，那我告诉你他这就是。你这都可以纵容的话，真不敢想象以后会忍受怎样的屈辱了。

如果你没有在信“受虐狂教”的话，我看你还是拿出点脾气来吧。虽然有时一同面临“考验”是情侣间必要的过程，但我认为，如果考验的形式就是你在他为别人揪心时一同揪心的话，那就太残忍了。end

他这么快就喜欢上了别人

我和前男友在一起一年多，他对我很好。后来我觉得越来越讨厌那种不温不火的生活，似乎也没有多喜欢他，有次我就跟他说要冷静几天。

有天上网，看到他 QQ 空间上面有篇日志写他在追另一个女生，当时我看了很诧异，因为我并没有说分手，他怎么可以那样做？我就打电话问他，他承认了，还说我对他不好，说我说了分手的。我就很郁闷，毕竟在一起那么久，难道他就一点也不怀念，而且在短短的时间内就喜欢上了其他人？

大概你希望看到的局面是，当你向一个你已经并不喜欢的人提出分手后，这个死男人却依然哭天抢地，抱大腿诉钟情，颓废消瘦中不断发出要求复合的短信，还要目送你找到下一个接班人。然后你体面而平静地告诉他，你们之间不可能了。整个过程无不体现出你超强的魅力及主动权，是不是这样的情况会令你爽一些呢?

为什么当你发出有可能伤害别人的信号时，你仍希望他乖乖等死，不要做任何自我保护措施？搁你身上你觉得公平吗？你愿意协助一个打算离开你的人，进行买一送一式的全方位满足？做事总该有个重点吧，你到底是要分手呢，还是吓唬人玩呢？如果确实要分手的话，我认为效率很高了啊。end

办公室恋情

他是我的上司，我虽然一进这个公司就知道他很花，但还是深深被他吸引。

传说中他有个很厉害的老婆，经常会到我们公司“巡逻”。尽管如此，我们还是发生了关系。

刚开始那种偷情的感觉真的是很美妙。后来我才知道，他同时还有我之外的“情人”。最近他连送我回家都不上楼了。我不知道是不是他对我的兴趣已经过去了。

每天在办公室里，看着他对我装模做样的冷漠，我都快疯了。下班约他他也总推说有事。

前几天我气愤之下提交了辞职信，但被他退了回来。

我究竟该怎么办呢？如果我继续留下，真不知道该怎么面对他。有时想干脆到他老婆面前戳穿他，但又没那个勇气。

这件事大致有以下几种结局：

1. 你灰溜溜地辞职，换到另一家公司独自舔着伤口，你的花瓜上司继续安然无事。

2. 你忍辱负重，甘愿做他 1/N（包括他老婆在内）的性伴侣，默默地扮演分裂者。

3. 你闹得满城风雨，终于赢得一张离婚证书。你以一个胜利的第三者角色，跟你的花瓜上司由地下转为地上。但你可能很快会成为下一个被戴绿帽子的妻子。

→

想到底无非就是这些，你觉得有意思吗？为什么要为了一个花瓜丢掉工作？最好的解气办法，就是漂漂亮亮地留下来。与你相比，他的顾忌和压力只会更多——已婚，并且是领导。你与他的势力指数基本可以概括为：光脚的不怕穿鞋的。所以，你怕什么？躲什么？

核心是，别把自己卷进去太深，别陷入无谓的名分之争。如果要玩地下情，就要玩得起。玩完了当然要物归原主，并保证自己不再惦记。end

我和他和她

最初我对他并没付出真感情。高三那年，他写了封情书给我，我喜欢帅哥，他不算很帅的类型，所以拒绝了。他很难过，说不想参加高考要到外地去旅行。我吓坏了，不想毁了他，于是就答应了他，心想高考结束后就分手。

我们在一起的日子，他对我非常非常好，而我几乎连一眼都没看过他，还常伤他的心。他很迷茫，曾经割破手来麻痹痛苦。

高考结束后，我们失去联系，我的闺密 L 跟我说他哭着跟她说不想再勉强我了。再后来得知，他俩在一起了。我虽有些难过，但还是祝福。再后来得知他们分手了，L 还为他喝了安眠药。我很惊讶，很心疼她。

又过了两年，我又突然很想念他，很想有个人可以抱抱自己。我想回去找他，跟 L 说了我很后悔。没想到过了几天，L 跟我说她飞去他的学校跟他和好了。我很恼怒！不知道我们还有没有复合的机会？

一边是你不要他就割手的男友，一边是没人要就喝农药的闺蜜，这两个都习惯洒狗血的恋爱分子在一起不是很合适吗？你为什么还要趟这滩浑水呢？是觉得没有参与到狗血剧情里非常失落？

换我的话，我会有多远跑多远。需要多少祝福就送多少祝福。就算他们婚礼没钱办，我卖血也得赞助他们。北京黑话里，这俩都算是“雷”，避之唯恐不及呢，你还打算上赶着掺和？

→

按照你交代的情况，就算你跟这位雷男复合了，你闺蜜——那位雷女一气之下再吞农药怎么办？你这是在“心疼她”吗？身强力壮的人，理应让着点弱势群体吧？

你不过是因为太久没恋爱，想找人解解闷儿，便要搭上两个人的伤筋动骨？你一感冒的非要跟人家癌症患者抢病房，合适吗？end

永远的二选一

锋是我现在的男朋友，我们感情很平稳。他很爱我，也很珍惜我们的感情，我是她的初恋。他是一个传统的男人，温柔体贴，但不会哄女孩子，也不浪漫，没有帅气的外表，有一个好脾气，也从来不会对我说谎。和他在一起很开心，也很安心，不会担心他弃你而去。

宁是我从小一起长大的伙伴，我们关系很铁，在别人眼里我们是一对般配的情侣。他是 80 后的代表，阳光，帅气。青春洋溢，从他身上可以看到生命的活力，他有健硕的体魄，会打篮球，会跳街舞，喜欢音乐，他身边不缺女生，所以女朋友也是换了好几任。与他在一起会有很多惊喜，但永远猜不透他想什么，他随时都会从你身边走开。

两人都说要我嫁给他们，我该选择谁？

你好像是在提醒我这又是个“红玫瑰白玫瑰”的问题。跟红玫瑰恋爱，跟白玫瑰结婚。貌似是标准答案。那女作家的意思是，一辈子被白玫瑰活活闷死，然后回味着和红玫瑰一起时的浪漫放纵。一生好不跌宕。

我觉得这事儿放在文艺作品里是具有一定蛊惑性的，但在生活里，就不存在这种必然的分裂。也别想得那么美——浪漫的人就一天到晚浪死？传统的人就一天到晚把你爱得闷死？人可以有很多可能性的吧？把这些素质结合到一个人身上的情况也不是没有。

那些敢于爱一个算一个，玩得起放得下的人，应该不会写信来提这个问题，她应

该正和篮球运动员在跳街舞。

那么，就是如何处理“诱惑”的问题了。蹦极这个项目应该是常年都存在的，但确实不适合有心脏病的人玩。end

要不要等这个离婚战士?

Q 认识一个很有钱性格也很好的男人表达了对我的好感。他非常体贴，也算有魅力。唯一不好的就是有一个结婚八年的老婆。因为这个原因，我一直没答应跟他怎样，总觉得破坏别人婚姻不好。但是他又说从去年开始就在计划离婚，可因为生意上和老婆的一些牵扯，还有些把柄落在她手里，她老婆威胁他离婚要分走一半家产不说，还要去告他到身败名裂。所以他也很无奈。

我感觉他是确实很痛苦，很为难，有时甚至很同情他。很想安慰安慰他，甚至觉得哪怕是给他爱情呢！真不知道该怎样把握这段关系。

A 还是不要把好美丽好美丽的爱情，建立在这种好可怕好可怕的男人身上吧。

我们假设他的难题确实不是为了骗小姑娘的伎俩，确实有这么一个很糟糕、很复杂的婚姻生活，那他现在的首要问题应该是去解决好他的生存难题，类似毁坏和重建的工程。

而你的爱情，在一个重症患者面前，相当于一块巧克力而已——就算释放再多甜分给他，恐怕于他的病情也不会有太大帮助。若正巧得的是糖尿病你更是罪该万死。这过程中，你还会遭受些别的什么就更不好计算了。从现实的角度考虑，你的介入还会给他离婚增加更多难度。

所以，我很理解你渴望当义工的美好心愿。只是，请换一个身家清白的献爱心对象吧。这样的关系真是好麻烦好麻烦的。end

回头草都是浮云

——"EX"问题

●尊重并爱一个人，意味着尊重那些他觉得重要的、需要保护的东西。

●如果一个人曾掉粪坑里，你想让他忘记这个阴影，最好的办法难道是让他再掉一次粪坑？其实他最应该做的，是到一个干净的地方好好干净一段时间，短时间内不要再靠近跟粪坑有关的一切场所。

●你见过哪里的朱丽叶隔上一两年之后，还有兴趣吞农药的？但凡有兴趣连续吞上一年的，我认为都是一些喜欢把日子过成段子的神经病。

●你把跟这种想起一出是一出的男人再次和好叫做奇迹？我看也只能叫做你承受能力的奇迹。

●到底有没有被当成替身，你应该能察觉到，如果真的是替身还经常“裸替”的话，就真有点完蛋了。

●两个人天天在一起腻着，谁也不会想到要为谁去寻死。一旦分手了，多平凡的关系也立刻变成一件艺术品。

●我一般都建议，最好还是等上一位借住者彻底搬走了，你再进行入住。不要你一面住着，那边还不停地从你家搬运东西，然后才跑来问我：该跟房东怎么处？

情敌太优秀

我，学历本科，身材匀称，身高169CM，相貌中上，性格甜美随和，有进取心和强烈的家庭责任感，孝顺父母，我的条件还算不错吧？

我男朋友的初恋情人十分优秀，家庭富有，天生丽质，现在就读于国外一所著名大学，每月挣的兼职薪水比我以后一年挣的还多。

我和男朋友的关系最近在走下坡路，每每他提到他的初恋情人，我便感到前所未有的压力。我和她的差距不是十年可以赶超的，强烈的自卑感压抑着我，我该如何摆脱它？

男人不一定非要一个家庭富有、天生丽质、名校高薪的女友，但他们肯定不需要一个自己对自己都不满意的女友，一个天天在他面前找不到感觉的丑小鸭状的女友。爱情又不是英超、西甲之类的足球联赛，为什么一定要跟他的初恋女友拼来拼去？如果你习惯任何时候都要在生活中找一个“榜样”作为自己活下去的动力，最好也别挑这种关系的人来当榜样吧？为了张曼玉自卑还可以理解。

另外，如果是你男朋友主动提出这个人来给你施加压力，那我劝你赶紧和他分开算了。不需要任何理由。总是提前女友的男人坚决要不得。有病的是他，该自卑的是他。

你不需要为此做任何努力。如果实在想改变点什么，就学着从“自卑”改到适度地“自恋”吧。end

他是个过度念旧的人吗?

我一直隐约知道男朋友非常爱他过去的那个女朋友，他们曾有过一段轰轰烈烈的爱情，而那段感情肯定是在男友内心深处占有一个位置的，他甚至不愿跟我多谈，我想是因为害怕我吃醋吧。

前几天在男友的电脑里无意看到了很多他们以前的照片和通信（真的是无意），看得我难过不已。他们当时真的是非常甜蜜，甚至超过我们。当天我一时冲动，要求男友把那些东西删除……他不肯，还让我要尊重他的过去，由此引发了一场冷战。

我就搞不懂了，既然他那么念旧（他是个典型的巨蟹座），为什么还要开始一段新感情？既然开始了，又为什么不能彻底跟过去说再见呢！

既然知道那是他身上一块旧伤口，何必一定要揭开它？你咄咄逼人地让他将这旧伤展示给你看，还要彻底从体内清除，是否太不人道了？

尊重并爱一个人，意味着尊重那些他觉得重要的、需要保护的东西。如果过去那件事真的足以威胁到你们的关系，那么即便他当着你面将照片和信删除，又能说明什么问题？反而只会让你在他那里被再次减分。他遇到你之前，没有义务为了你不去爱他人。换句话说，假如你听说，他过往的情史都是以他绝情抛弃别人而告终，你就会好受一些？会觉得潜在情敌没有那么多？如果是那样，你觉得那样的男人要得吗？

我很奇怪当你看到那些东西时，不仅没有庆幸你遇到的是个重感情之人，反而是

吃起过去的干醋。事实上，跟一个过去的、已消失的情敌打仗，你是一点便宜也占不到的。

比较聪明的做法是，尽量忽略那些东西，看过当作没看过。积极地给你们的“新关系”里注入新的美好记忆。这些东西，总有一天会将过去彻底覆盖。end

我是不是他的最爱？

我很爱我的男友，我们快要结婚了。在憧憬美好的未来时，我心中总有一个疑虑，怎么也解不开——男友在和我之前有过一个女朋友，他也非常喜欢那个女孩，只是因为那女孩家在外地，她的父母不同意她和我男友在一起，最终才无法走到一起。

后来我男友在他妈妈安排下认识了我。有一次，我无意中在男友的 QQ 里发现，他和他的一个朋友说当初他选择和我在一起只是因为刚失恋，心灰意冷，所以就想无所谓了。

现在我和他也交往半年多了，也开始谈婚论嫁了，可是我真的很怕我爱的人心里还爱着别人。虽然我知道那女孩也已经结婚了，可我还是希望我爱的人心里只有我一个，他决定跟我结婚也纯是因为爱我。可我老是想他跟他朋友说的那些话，这在我心里已经成为一个阴影了，我想轻轻松松地嫁给他，可又不知道怎么消除这个阴影。

还有，如何证明现在我是不是他心中的“最爱”呢？请帮帮我！

回答这个问题之前，想先问一下：如果知道他心中的“最爱”不是你，你是否就打算宁为玉碎不为瓦全地离开他？关于你目前是不是他的“最爱”，我认为连他本人都没有发言权。西方有句谚语，大意是说：在你还未参加过一个人的葬礼时，你不能说这个人是彻底属于你的。你们才交往半年多，且都处于成长中，就希望立刻讨来一个“最”的头衔，真是太天真了。

希望这问题也仅是你心中一个闪念,如果真问出口,听来了什么更“天真”的回答,那你也只是白白受伤一场。

你现在要面临的问题，不是要飙到这个男人心中的NO.1，而是如何面对你们之间的每一天。保证你自己是“最”佳的状态、“最”完全的投入,即可。其他的“最”,要等时间去评判。end

该不该去见曾经的情敌？

跟男友认识几个月，感觉非常好，他是个非常敏感、细心的人，总是把家里以前女朋友的照片都藏起来，也很少透露他以前的情事。所以弄得我对他以前的事非常好奇，经常跟他的哥们儿打听。听说他以前交往的都是美女，不是模特就是演员什么的。

有一天，他说在一个 party 上碰到了一个他曾经交往了几年的女朋友，说他们现在有着亲人般纯洁的感情，仍然是很好的朋友，还说那位前女友对我非常好奇，想跟我见一面，就当作是亲友团的见面。他觉得也没什么问题，就答应了。

但是我真的拿不定主意要不要见。不见吧，好像我没自信似的；但是万一真的比我漂亮很多呢？而且我也真的非常好奇他曾经爱过怎样的女人。我到底该不该去见她？

情人之间比较有意义的历史信息交流，往往通过家庭或密友。如果要更煽情一些，哪怕是去走一遍他成长中走过的路，他小时候停靠过的树干等等。至于他到底走过什么样的女人，实在是知道不如不知道。

谁都不可能为了谁而净身等待。如果认可这一说法，那就让那些人仅仅停留在这种说法里。一旦她十分具体地、真实地出现在你的面前，哪怕仅是以照片这种实物的方式出现，也肯定会引起你一些不良反应的，然后就会不可避免地影响到你对这个男人的看法——不幸的是，往往会是偏颇的看法。

如果比美貌比不过，你难免嫉妒丛生，觉得人家搞不定更好的才来搞你；如果看

→

上去劣质不堪，你又怀疑为何你会从这么一位的手里接下接力棒。

这种比较不可能是客观的，不可能是有建设性的。当女人与女人面对面坐下，不是情敌都要比上半天，更何况……

若想清楚了这些，就索性拒绝跟这位亲友团成员见面吧。不然你打算跟她说些什么？签订转手协议吗？end

男友忘不了过去的女友，怎么办？

我最近很为我的感情烦恼，我跟男友已经交往了半年多，两人很相爱。但在一次偶然的机会，我发现他还留着他前女友的照片、书信，而且还写下他自己很爱她很想念她的一些话。最初我提起了这件事，跟他说如果你还喜欢以前女友的话，我们就分手吧！可他却否认说喜欢和我在一起，并且很爱我，我就没有在意他之前的那些事了，毕竟那都是过去了。可最近我在看他钱夹的时候却发现他还放着他前女友的照片，我很生气。他非但没有跟我解释什么，还怪我乱翻他的东西。

我不知道该怎么做了，因为自己很爱他，也没有怪他，甚至可以包容他现在想念他前女友，因为我相信他以后会变的。可是现在看来，我在他心里并不重要，他对我并不在乎，所说的什么“我爱你”也是骗我的话。

我很苦恼，我已经想要跟他在一起好好生活了，可是那种在他怀里，却没有在他心里的感觉好难受。请问您，他是真的爱我吗？我还应不应该和他在一起？

你在他怀里时，他有没有在想别人我不清楚，但在你一番侦察行动过后，这种假设是必然的，本来女生就是很容易接受暗示的种族，你还偏要给自己找到那么多呈堂证供。即便他这时已经在努力忘记过去，你翻旧账也难免会加重那件事的影响。假若人家那边都判了死刑，你又何必再追究她到底犯了什么事儿？这在男生那里绝对是减分的行为。

真想把住这个人，就先当什么都没看见吧。说什么“包容”，不是指你先惹急了人家再去原谅人家，而是允许他有自己缓冲的时间。他会去决定什么时候把那张照片换掉，他会去决定什么时候把心交给你。你能做的，就是把自己管好了——他到底是不是一只煮熟的鸭子，你催是催不出来的。另外，这也远还不到要当侦探的时候，请你珍惜体力和名誉吧。end

我该不该帮他找回前女友？

Q

我和他分手的原因，是他一直忘不了初恋。他和我在一起是想重新开始，是想忘记过去，可是他做不到。他每次提到过去都掉眼泪，看到那么坚强的男子落泪，我的心很痛。他说要等她，无论什么时候她回头，他就会义无返顾地回去。可我觉察到那个女子永远不可能再回头。凭什么她比我先到，我就该放弃？我该不该回头，和他一起努力向前看？

和他分开的这段时间我好难受，我该不该替他找那个女子谈谈，起码给他点希望？只要他不再那么痛苦，只要他开心，即使陪在他身边的是她不是我也好。

A

不要把你的恋爱场地搞得跟居委会似的，还需要你去调停，你以为你是谁？可以帮这个男人决定终身走向？帮他去游说他的前女友——这是一个很讨厌的念头。你希望男人会对你感恩？通常情况下，男人只会觉得你很多事，继而连朋友都没得做。我个人认为失恋者的形象比事儿妈的形象更靠谱些。更何况，就算在你巧舌如簧的劝说下，将人家两个又撮合在一起，你接下去打算怎样？每天唱着刘若英的《成全》，并在自己伟大举动里自我感动着入眠？

一个人是不是打算把另一个人忘了，只能由他自己的心说了算。在新恋爱里忘掉旧爱，表面看似是新人在起作用，其实不然。如果一个人曾掉进粪坑里，你想让他忘记这个阴影，最好的办法难道是让他再掉一次粪坑？其实他最应该做的，是到一个干净的地方好好干净一段时间，短时间内不要再靠近跟粪坑有关的一切场所。

你让人家自己忘吧，矜持点，死不了人。end

爱情里有后悔药吗？

我 20 岁，年初刚奉子结婚，现在快要生宝宝了，但心里一直还想着相爱两年的初恋男友。前段时间他打电话说后悔当初分手，我们之间还有爱。但又能怎样？我已嫁人，他明年也要结婚。

当初分手是我提出的，因为他家人不同意，他也说过我们不可能。后来他有了女朋友，我默默祝福他们，跟他见面、说话就像老朋友。他开玩笑，你也去找一个嘛！我说，我不会再去谈恋爱了，除非直接结婚。后来，他跟我说，他现在的女友没有我好，他会拿我和她做比较，还是觉得我比较适合他。

分手七个月后，我跟我老公认识了，再后来我们有了孩子，我们交往不到两个月就结婚了。初恋男友怪我不给他机会，说我做得绝，如果真的爱他，为什么不能等？我说难道真的要我看到你们结婚了才去随便找个人嫁了吗？我结婚报复了你，也报复了我自己。

现在的我，只能安于现状，但是心里有种很强烈的思念，每每梦里都是我的初恋。我告诉初恋男友，我很想他，谁知他也是同样地想我。请问，我和他还能怎样呢？我该怎么办？

我觉得，只要不是偏执狂的话，忘记一个曾经先背叛自己的人，并非难事。再健全一点的人，忘记系统将更加强大，就算罗密欧也早晚可以忘掉朱丽叶。你见过哪里的朱丽叶隔上一两年之后，还有兴趣吞农药的？但凡有兴趣连续吞上一年的，我认为都是一些喜欢把日子过成段子的神经病。

比如你和你初恋男友这样的人，不遭罪不能活的、不自虐不能活的、刚舒服一点就要开始追忆似水年华的，我管这些叫绝望爱好者。所有的绝望爱好者都需要道具，你们两个也算是抄上一回，有那样一个“造化弄人”的凄美故事。但你们一天到晚在这种自哀、自怜、自我感动中过日子实在也没什么营养。都惨成那样了，

还是忘了比较健康。

说什么“报复了他又报复了自己”，这是你把日子过成的段子的重要台词。如果只有在这种戏剧化的驱动力下，你才有可能使生活进展，那我也不反对。那你接下去完全可以——为了进一步完成报复，把你孩子养大，让他肠子悔青了算。end

我还要等这个人四年吗？

F 是我大学时的男友，那时我们的感情很好，每天都如胶似漆。可好景不长，我发现他以前的女朋友，就在我们学校，并和他从未间断过联系。那女孩是他高中的女朋友，对F一直念念不忘，一直在等他回心转意。F对她也一直怀有愧疚之情，不能弃她于不顾，所以在她生日或者节日时依旧会送礼物和祝福给她，让我不要介意。从此我们开始了三年无休止的争吵和痛苦，我都要疯掉了。但我们的吵闹对于我们三个人的关系丝毫不会受到影响。

后来有一天，F 要和我分开，因为那个女孩没有了他会过不下去，他要负责任，无论我如何挽留，他还是走了。临走前留给我一句话：他会对我像以前一样好，要我等他！

如今这段感情也过去了几年。前段时间他又打电话给我，说他和那个女孩分开了，那个女孩有了心仪的对象，他可以来爱我了，可是他要去日本学习，四年之后才会回来，不会再改变，会娶我，会一辈子对我好！他在我心里一直都没有离开过，这是事实，可理智告诉我不能再接受他。我真的好苦闷，不知道该怎么做，我要不要再接受他？要不要再奢望会有奇迹出现呢？

你把跟这种想起一出是一出的男人再次和好叫做奇迹？我看也只能叫做你承受能力的奇迹。你的脾气和耐心要是能好到这份儿上，确实就是“奇迹”了。这位想干吗干吗的男士，居然会跟你提出等四年这种建议，我看他的脸皮也确实是个“奇迹”。他是把自己当超人了吧，哪儿有危险就飞到哪儿去？

如果你们这两坨奇迹还能持续四年擦出“爱的火花”，那真是没人敢拦着你们在一块儿。这种严重违反常理的事你有什么好考虑的呢？他是把你当成永远的“海豚酒店”吗？要回来时订个房就行了？他以为他是谢霆锋啊？

不要把吃回头草当成一种奇迹，我看大部分吃回头草的都把自己吃吐了。end

该不该做他前女友的替身？

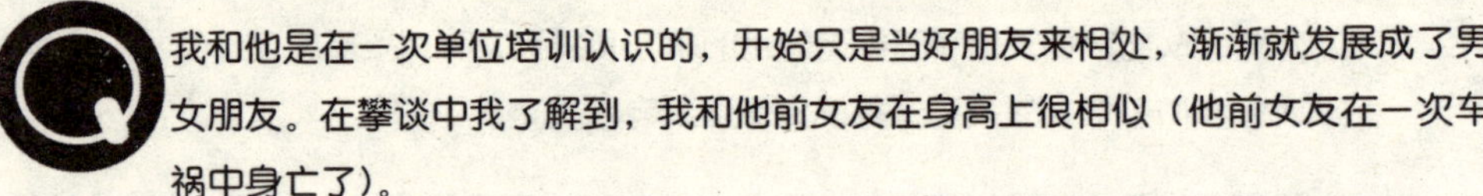

我和他是在一次单位培训认识的，开始只是当好朋友来相处，渐渐就发展成了男女朋友。在攀谈中我了解到，我和他前女友在身高上很相似（他前女友在一次车祸中身亡了）。

我和他的相处在我们单位没人知道，同事们只是知道我们很好，有好心的同事还在撮和我们。我的第一次也给了他。

渐渐地我们发现彼此性格不合，就以好朋友的方式来相处。可是在他有生理需要的时候总会找我，我也没有拒绝。这种关系一直发展到现在。我也知道这是不对的，我们也不可能结婚，但是我就是难以自拔。我该怎么办？

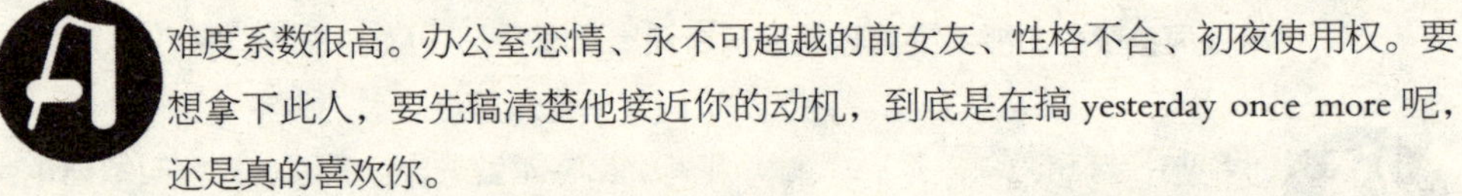

难度系数很高。办公室恋情、永不可超越的前女友、性格不合、初夜使用权。要想拿下此人，要先搞清楚他接近你的动机，到底是在搞 yesterday once more 呢，还是真的喜欢你。

到底有没有被当成替身，你应该能察觉到，如果真的是替身还经常“裸替”的话，就有点完蛋了，因为超越一个已经不存在的“敌人”是很辛苦的，关系到达完全放松和无阴影状态还需要相当漫长的过程。如果受不了自己倾情演出换来的冷遇的话，我还是建议你冷处理。好朋友就是好朋友，不要再搞其他兼职，你应付不来的。end

初恋情人又出现了

十年前我开始了我的初恋，爱得轰轰烈烈，家人严重警告我不可以跟他在一起。我很了解他，我们在一起的时候，可以不用说话就知道对方的想法。后来我上高中了，他工作了。那年我考大学，他很坚决地告诉我怕影响我学习，跟我分开了。我也慢慢地忘记了他。可是就是那么可笑，工作后的我居然跟他分到了一个地方。就这样，鬼使神差的我们又开始点燃了什么，可我很清醒地告诉自己，我有一个很爱我的男朋友，我们快结婚了。

他找我谈，说要我嫁给他，我很坚决地拒绝了。那是不可能的啊，我也不喜欢现在的他了。问题出在我自己身上，明明很冷静，为什么还是会常常想起他？想他的声音，想他还会再联系我。我觉得我是应了一句话："爱上了爱他的感觉"，是这样吗？

可能是"爱上了爱过他的感觉"更准确些。在旧情人的事儿上，初恋是最棘手的了，因为它包含最多过去的信息，第一次、成人礼。最容易让人伤春悲秋的。但这不能说明任何问题。即使是你这种超级戏剧性的"相遇"，也别多想了，不是什么"暗示"或"契机"——至少可能性很小。最准确的暗示就是那些已经发生过的事。时间让我们和旧日恋人分开，不管当时如何痛苦，其实都是必然。你如果非要和"过去"再打成一片，恐怕也只会再次失望。同时，结婚前，这种戏剧性"情绪波动"也是虚荣心的需要吧。它一定不会在你心中占据主流地位。end

他为什么爱过那么烂的女生？

我和男友恋爱九个月了。他曾深爱过一个女孩，那女生曾背叛他六次，他给她下过跪，也为她割腕自杀过。他们去年五月正式分手。八月，我们相爱了，我们都认为这是最投入的一次。

可世界上果然没有完美！在相爱的第二个月，我就越来越在乎他的这段过去。虽然我也有过几个男友，可没这么刀光剑影。想到他那张帅脸曾吻过别人，特别是那个身高 1 米 6、体重 120 斤、长相平平、满口脏话、从不看书又虚荣的女生，那么多令人感动的泪为别人流……我就痛苦得抓狂，觉得他很脏似的。

为这事，我们闹了无数次分手，每次都是他哄我，求我，哭泣，结果总是我心软，心甘情愿地和好，决心忘记过去，只向前看……我怎么才能走出这个怪圈？

本来好好一事儿，你非要给自己添堵。他爱过一个你认为一无是处的女生你就该觉得崩溃？若是从张柏芝之类的美女手中接过接力棒，你是否就觉得无比合适了？人家起点低怎么了，就该受到你歧视？“正视历史、直面未来”教育我们的是，要对历史保持尊重而不是去把历史给逼死。

我倒觉得这件事从侧面反应出你男友的靠谱，那种女生他都处得有情有意，说明人家真的是奔爱情去的。你要抑制自己这种闹腾的冲动。当然我也能理解，一般遇上好男人时，闲极无聊的女生们难免会激发出更多的占有欲来，以期能逼近“完美”——但这种念头其实正是“不完美”的开始。

谈恋爱时，多点幽默感没坏处。end

要不要回到初恋身边?

年初放假时，我遇见了分手五年的男友，这次见到他发现自己还是爱他的，他也说没有女朋友，愿意等我明年毕业回到他身边。当时我真是被这突如其来的幸福冲昏了，以为错过了这么多年的感情又回来了。

但后来我发现他是有女朋友的。他说那个女孩只是他的玩伴，他并不爱她。我没办法接受他这样的做法，下了很多次决心要放下他，可是他还说等我回来，我就又变得矛盾混乱起来。

五年没有联系了，不知道他变成了怎样的人。当初我们在一起时还是高三，那时的感情很纯。但是后来还是因为上大学离得很远分开了。其实当年在一起的时间也并不很长，我也并不很了解他，但是很怀念，觉得那段感情很美好。而现在五年没有生活在一起，有时也怀疑自己对他的感情是不是真的爱情。很矛盾。

以前写过一段话很适合回答这个问题——两个人天天在一起腻着，谁也不会想到要为谁去寻死。一旦分手了，多平凡的关系也立刻变成一件艺术品。其中发生作用的正是那著名的“距离产生 ××”。也许当初你们续一下杯，再多一年你也觉得烦。可分开五年，就能可劲儿地咂摸、回味、雕琢，使其越发精致。

短暂的旧情复燃是很正常的，人家在分手后另结新欢也是正常的。如果你不相信命运的自然选择法，可以尝试再跟他接触下去。这类的艺术品通常都是非常易碎的。end

他是甘愿被我抢走的吗？

我和我男友是在军训中认识的，很快我们就恋爱了。但他那时还有个相恋四年的女友。他说他女友不是他喜欢的类型，所以我就带着一种负罪感跟他在一起了。也许是愧疚，我从没要求过他去跟她分手。因为，那个女孩对他很好。我打算就在大学这四年里跟他一起，四年后，我再把他“还”给她。

可纸里包不住火，她还是知道了，开始惩罚他，故意睡在他哥们儿的房子里，最近她又失踪了，跟一个理发师好了，而且怀了孩子。他是个心软的男人，看她这么作践自己，带着我去找她，想好好劝劝她。我第一次跟她见面，我对她说，只要她从今往后好好活着，我把男友还给她．可我男友却对她说，现在爱的是我。

现在我和男友在一起很幸福，他也带我见了他的父母。他们已经断了联系，他虽然嘴上不说，可还是感觉他有时对她的牵挂。我现在真的弄不懂，他是真爱我，还是用我来忘记她？

你还真是挺难讨好的。前面大方得十分古怪，可以和别人分享一个男人无怨无悔的，后面又不许他对你们共同毁坏的前女友流露半点关怀。从这两条逻辑上似乎可以推导出，你希望你男友是个畜生最好了——可以欣然脚踏两只船你还照顾好他；见异思迁之后，不许对前任流露出任何感情。你再这样培养下去，他真有可能朝怪胎发展。

人家当着两人的面选择了你，我看已经很不错了，不要再得了便宜卖乖。end

该不该制止他跟前女友联系？

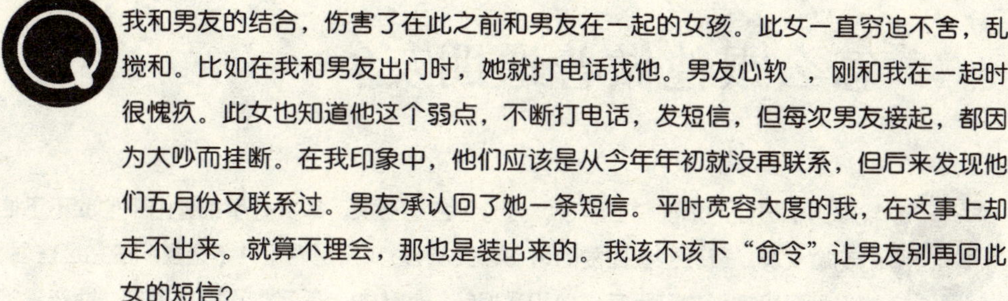

我和男友的结合，伤害了在此之前和男友在一起的女孩。此女一直穷追不舍，乱搅和。比如在我和男友出门时，她就打电话找他。男友心软 ，刚和我在一起时很愧疚。此女也知道他这个弱点，不断打电话，发短信，但每次男友接起，都因为大吵而挂断。在我印象中，他们应该是从今年年初就没再联系，但后来发现他们五月份又联系过。男友承认回了她一条短信。平时宽容大度的我，在这事上却走不出来。就算不理会，那也是装出来的。我该不该下“命令”让男友别再回此女的短信？

我一般都建议，最好还是等上一位借住者彻底搬走了，你再入住。不要你这边住着，那边还不停地从你家搬运东西，然后才跑来问我：该跟房东怎么处？一房租俩人的房东估计大有人在。

至于你家这位，若当真是更想把房给你住，那要拿出点诚意来。无论心理上还是空间上，都必须腾出足够大的地方来。把他以往客人的账户管理好了，免得让人觉得他是两边的钱都想赚。

基于你现在的情况，我认为有必要跟他划出界限。你给他一个时间，把这些旧事处理干净再来找你。如果你 care 的事情更多，那你应该勇于在你们之间成为那个制订规则的人。end

怎么跟他做普通朋友？

我跟这个男孩的牵扯有三年了，分分合合有三次，每次分手都是由于他放不下他的初恋女友。最后他说他爱的是初恋女友，对我只是喜欢并不是爱。说完这些后，他仍然像平常那样若无其事地和我相处。他认为分手了也可以做朋友，而在我的概念里一旦分手，大家就最好不要再遇。前两次分手就是因为他那种“当朋友”的概念才弄得暧昧不明，又牵扯一起的。偏偏很郁闷，我和他同校同班，每天总是无法避免地碰面。每次进学校前我都要构架好很强的心理防线，有他在的地方我也绕着走。我很懊恼，我并没有做错什么，分手原因也不在我，我为什么会这样子呢？ 另一方面，他一副无辜的样子在网上问我为什么不理他，为什么会讨厌他。我害怕听到他的解释，或者听他说我误解他等等。说到最后反而会变成我的不对。我很不理解他，看上去似乎是他在念旧情，仍然想挽回，当回朋友，但事实上一直是他在主导，我很被动。现在我该怎么办呢？我不想再躲，我讨厌自己这样子。

你为什么会这样子？简单地说，你没人家脸皮厚嘛。甩了别人之后，为了他自己不至于太愧疚，他提出“当普通朋友”这种大俗套当借口。放心，他绝对不是为你着想，不会怕跟你做不上朋友就活不下去，他是非常需要你这么一位普通朋友，帮他下台阶。如果在你每每东躲西藏小鹿乱撞时没考虑到这点，请加进去再考虑一下，争取把“他是不是还忘不了我”之类的疑问替换为“这种男人真的是很讨厌”，你应该就不至于那么畏缩了。既然人家要跟你拼洒脱，你就跟他拼啊，赶紧找一个新男友，然后去通知你这位普通朋友。差不多也就这样了。end

同床可不可以打败异梦

——“性”问题

●人家在别处学点儿本领怎么啦？一定要从头到尾都拜在你门下？他是个井底之蛙你就觉得光彩啦？

●拜托也不要把你的“处女”当成履历表上的重大优点拿出来说事儿。纯洁不纯洁的，跟有没有上过床有关系吗？我看你这样去揣测你男友的过去，就相当的不纯洁。

●这件事最好尽快解决，不然以后“分手”都变成你们性生活的调味品了，多变态。

●拿诱惑你上床来测试你是否是个随便的女生——这种猜测都太理想化了。其实只是个到处乱搞的男人，你别把他想成是玉女学校的主考官。

●他为什么要伺候一个路边的陌生女？人家的蛋白质不是蛋白质啊？

●你害怕“我的第一次给了一个混蛋”，但是之前为什么没想到要尊重一下你的“第一次”，为其找一个可靠的剪彩嘉宾？

●如果这个一夜情让你上蹿下跳、夜夜不得安宁，那么不管它实际上有多糟糕，你至少可以获得一条宝贵的人生经验：一夜情真的不适合你。

我是不是性冷淡？

可能是因为上一次感情遭遇对我的伤害太深了，我现在特别抵触跟男人发生肉体关系。现在有一个形式上的男朋友，从我们交往一个月时，他就提出要和我发生关系。但我一再拒绝，并告诉他，要给我时间去判断是否值得把自己交给他。这种情况发生好多次了，他还算是个比较有耐心的人，但也经常被我弄得非常扫兴。

我也不知道我是怎么了，一想起那事儿，就觉得特别脏、特别低级。其实我也很喜欢他，但也仅限于感情上的。我有时甚至觉得柏拉图式的恋爱更适合我。他现在的态度已经有些冷淡了，我不知道该怎么办！

长这么大，谁没点儿心理阴影呢？若摔过一跤就再也不走路，割破手就从此与刀子绝交——我们何以长大？何以变得强壮而百毒不侵？事实上，你不会每天都摔跤、每天都割破手，就像任何新出现的男人并没有绝对的可比性。你紧揪着过去一个阴影不放手，只会把所有快乐的可能性挡在门外。这种封闭状况，也不利于你走出那段阴影。我们都是有愈合能力的，相信你的身体！

你这样对待新任男友也是非常不公平。提出性要求，是恋爱中人的正常反应，你没有权利在他的背景里也凭空涂出一块阴影来。这只能说明你的矫情和懦弱。一个带点“阴暗”色彩的女主角，可能适合琼瑶小说，但在生活里其实一点都不可爱。

至于肉体与柏拉图的关系，好像也不必赘言。你如果一定坚持认为，只有那种对你没有任何身体欲望、只想谈情说爱的人，才是真正爱你的人，那你只能跟自己展开恋爱了。如果你确定想得到爱的话，只能接受它的一切规则：爱之后，性的出现是必然而美好的。end

因为赌气，发生了一夜情

前一段，男朋友工作不顺，总是加班，精神状态也很差，根本没心情陪我、哄着我，让我这个习惯了被当成核心的人，很受不了。既然他那样对我，我有时真的没好心情去“安抚”他。

不愿意回到那个气氛压抑的家里去，经常在外面跟朋友玩，认识了一些男人，他们对我都很好。有一次跟男友吵完架后，我与其中一个男人发生了关系。但我知道我其实是出于对男友的气愤才那样做的，我根本不喜欢那个男人，事后也后悔得要死。

某一天我鼓足勇气向男朋友承认了这件事，我以为我的诚实会换来他的谅解。但是我错了！我这么想简直是太蠢了！男朋友当天就决定跟我分手，要把我从那个家里赶出来。我不明白，即便是我错了，也是他有错在先，为什么男人总是这么不讲道理呢？

理解这件事的一个简单办法就是，你可以做一下换位思考。若你在工作中处处碰壁、累死累活，是否可以忍受男友不仅不来安抚你，还出去乱搞解闷？然后，等他坦白他的奸情时，你会因为他的诚实而不去跟他计较？你做不到吧？正常人恐怕都做不到的。

我想，可能是由于你过去太习惯做“核心”的缘故，让你太把自己当回事儿了。你怎么可以要求自己可以随心所欲地去犯错，然后再随心所欲地获得原谅？坦白这件事，无非也是希望对方的谅解可以减轻你的负罪感——这样想问题的方式，

→

会不会过于自私？

你们只是在经历这么点小波折，你就可以弃他而去，真不知道你还能为你的“爱情”承担些什么！爱情里怎么可能只有糖、只有顺境、只有时刻地围着你转？

再退一万步，即便你不能减轻他的压力、郁闷，也没必要用这么极端的方式给他添乱吧？如果你喜欢用雪上加霜的方式来维系你的爱情，就请继续出去乱搞。end

怎么让男友闭嘴?

和朋友聚会的时候，他总是喜欢说一些 ML 方面的事，别的男生就不像他。他这样让在一旁的我很别扭，总想其他人会怎么想我？我本身是一个比较内向、不太爱说话、自尊心很强的人，可他总是这样，大概是我有些虚荣，就会很在乎别人怎么看我。

一次我们 ML 没做什么措施，我怀孕了，不久他就告诉了他的哥们，还有一些女朋友，有几次我还在场，我真不知怎么办好。虽然别人没说什么，但我总觉得这种事也不是什么好事，为什么要对那么多人说！为这我和他吵，可他总说这有什么，别人问，他就说了。

不知在他心里 ML 这种事是不是令他很有面子，别的男生会羡慕他？在这方面他只会想到自己！那次的怀孕他首先想到的是哪有钱去打胎……可除了这些，到现在他仍对我很好，我说什么是什么，什么都愿意为我做。

他到底是怎么样的一个人？我该怎么办？

喜欢把床上事到处去说的男人，通常可以（粗暴地）分为两种，一种是内心深处其实有非常自卑的一面，需要靠这种事去为自己提气，相当于某些小动物撒泡尿来圈定自己的地盘。一个非常自爱、自尊的男人根本不必用这种无聊事来给自己提气的。另一种男人，他们这么做是因为，他们内心深处根本看不起女人，根本不懂怎样爱人，感情来得十分肤浅，然后就会以这种极端自我、自私、自恋的方式表达出来。

→

通常这两种毛病又是非常难改掉的，见过很多中年男人依然乐此不疲。所以你要好好考虑一下，这个不是“除了这些”，而是一些最根本的问题。就算你能把他给打压下去让他从此闭嘴，他的根儿上也许还是有问题。

如果连最简单的尊重都做不好，我不相信他其他方面都能“对你很好”。若仅仅是端茶、倒水、买衣服、扛煤气罐，就牺牲掉自己在床上的一切，我认为，这牺牲也太大了，完全可以重新找一个口风紧的壮劳力。end

该不该跟这个老男人上床?

童年，父亲暴躁的性格，父母“残酷”的婚姻生活……我一直都活在那种让我莫名恐惧的阴影里。

我和他是在一个很偶然的机会认识的，只知道他是一家公司的负责人。他对我很好，很疼我，犹如我幻想中的父亲，他是一个比较会让人轻松的人，和他在一起，让我感觉很安全。这也是我愿意和他在一起的原因。

我们每个星期见一次面，他尊重我的工作，也愿意每个星期等这一天。星期六晚上我会去他那里，虽然每天晚上住酒店（因为他总公司在广东），但我不是那种很开放的女孩子，我很希望我们的感情很纯，发生进一步关系应该是在结婚的那一晚。

每次他抱着我的时候，他都尽量控制自己。可是，见面的次数多了，在一起的次数多了，他很想要我。我不知该不该答应他。他家那么远，外表又不是我妈妈钟意的那一种，我还不知道我妈同不同意，你说我该怎么办呢?

要是你跟这个男人的约会模式是：每周末的晚上到酒店去，那么，除非他是块水泥，否则很难保证他不想跟你干点什么。我们旁观者看来，你都可以“给”到这个地步了，那继续“给”下去也在情理之中。反倒是你这样半推半就，换做我是那男人也会受不了。

如果你只是想从人家身上获得“父亲般的疼爱”，那完全可以找一个人多点儿的地方进行——你们为什么不去看电影、逛街什么的，而非要选择在“性气氛”如

此浓厚的酒店里推来推去?

另外，要不要把自己“给”这个人，也不是你妈能说了算的。如果你确定自己是爱上了此人，可以直接把你的意思说出来，就是关于性的进度问题。他如果尊重你，当然会与你配合，尽量少安排些招惹情欲的活动。

最后,我个人认为,性跟“纯洁、安全感”并不是对立的,如果你决定跟此人结婚,完全可以先验验货。end

该不该骗他上床？

单身很久了，一直很期待谈恋爱。最近出现一个男人，似乎是一线希望，我一度非常喜悦，但他的行为让我琢磨不透。

他刚和一个相处多年的女友分手，那个女的现在已经结婚了。这些他对我都没有隐瞒。我们经常在一起吃饭聊天。有一天夜里，我发短信给他，他让我去他家里。我过去时，他只穿了内衣在房间里。我不确定那是否是什么信号，反正我们聊天至半夜，他连我的手都没有碰一下。最后还邀请我住下来，两个人睡在一张床上却什么也没有发生。

这样的夜晚还有过一次。我也说不上来是失落还是什么，反正他的态度很不明确，我也搞不清楚他到底喜不喜欢我。或者他根本没有从过去的阴影里走出来？

我的朋友们建议我赶快主动找个机会跟他把关系“定”下来，说“发生过性关系之后，很多事情就可以谈开了”。但是，那真的能解决问题吗？再说，这种事上女孩怎么可以主动呢？

照你朋友的说法，如果要跟谁说清一件事，都要先跟他上床，那你恐怕这辈子也说不清几件事儿的。事实上，发生了关系之后，有些事反而更说不清。现在你的疑惑仅仅是“他到底对我有没有意思”，可是假如你霸王硬上弓之后，问题可能就会变成：“他既然还没忘了他前女友，为什么还要跟我发生关系？把我当过渡用的工具吗？”到这个时候，他还能说得清楚什么呢？你又能相信些什么呢？

我想他的态度，已非常明显。可以跟你同床一夜但不主动出击，应该也不是他“不

好意思”，大致是心里还没想好是否要立刻开始一段新关系，这种人，逼是逼不出来的，只能等他自己想明白。

暧昧有时很迷人，但暧昧太多也讨厌。旁观者看来，这个男人如果既想找个人聊天陪睡，又不想对这种“暧昧”举措做出任何合理解释的话，那你就可以中断提供这种服务了。

你完全可以把问题挑明——到底想要怎样？如果前弦未断，那就乖乖闷在家里疗伤，不要跑出来给别人增加负担。我不觉得这是非常难启齿的问题，既然你们已有几个晚上说话的时间与耐心。end

一夜情之后

我有男朋友了，同居三年了，最近我不论是心理还是生理上都出轨了。

前段时间我给一个很帅的男同事发了匿名短信。发了一个月左右，他都不怎么理我，最后他回复说："一夜情好吗？如果不愿意，以后就不要再发短信给我了。"我考虑了一下，最后还是去了。

那晚他对我还不错。他说他不会喜欢我，大家玩玩是可以的，一夜以后不再接触，包括短信。可他越是这样我就越放不了手，还是要发给他。在我生日前一天晚上我发短信给他，他回复了我一句"爱你"让我好高兴。可是有一天晚上我们约出来，他还是说不要再联系了，那一夜他会永远记在心里。我问他那句"爱你"的短信，他居然说他不清楚，不知道。我要他最后再抱我一下，他不肯……最后我也只有回家。回家路上，他却回我一短信说："你早点回家吧，你不是说过你下次请我吗？"（"请"是我们之间的暗语，上次开房的钱他付的，我说要回请他一次。）当时我相当气愤，既然说以后不再接触，干吗又再提这件事！

我现在很苦恼，看到男朋友一点愧疚感都没有，说不喜欢他吧，又离不开他，可是我长时间觉得寂寞，好寂寞。我到底该怎么办？

看来，你吃主食有点吃腻了，想吃几口零食。既然是想吃零食，那就要对零食的素质有足够的了解和心理准备。你见过哪种人是靠吃薯条过日子的？

而且，你这位同事把你当零食吃的愿望表现得已相当明显。在我看来，他的态度条理清晰，做事方式也还算干脆利索、收放自如，实在是一个好零食人选。那么，

→

你为什么要零食对你产生感情才罢手呢?

我看你是成心要把自己推向一个比较混乱、文艺的局面才能够摆脱“寂寞”。但是这个被你选中的人又无法给你造成“三角恋”那么有趣的故事，所以，好郁闷。

其实，仔细想一下，你真的需要把零食搬进家吗？还是仅仅因为生活太无聊?

如果你和现男友的关系已让你觉得寂寞到无以复加，那目光应该集中在你们的关系上。到底为什么寂寞？是不是因为对方每天精神百倍地去工作，你却只能在手机上发送“匿名短信”、盼望有点“状况”砸到你头上？这实在不是一个很好的爱好。你可以试着培养些别的兴趣打发时间。end

如果性多于爱

我很年轻，我的男友大我十岁，他很爱我，我对他也很依恋。他有过很多女朋友，但并没有结过婚。在我们相识一个月的时候，我们 ML 了。他为此很内疚，因为我是他遇到的女孩子中唯一的处女。他说他会好好珍惜我，爱我一辈子。可是，那以后，只要我们单独在一起，他就会要 ML，而且不分时间和环境，即使在车里也一样。我不知道他是不是迷恋上我的身体而并非爱我的人。这样性多于爱的爱情，是真爱情吗？

前几天，我无意中翻看了他七年前的日记，其中记载了他无疾而终的初恋。他也正是因为他的初恋而来到深圳的。字里行间流露出的他对她的感情，让我感到自己是多么渺小和卑微。他曾那样毫无保留地深爱着她，那个她，有着跟我相同的性格，他们的感情细节与我们如出一辙。我的心一直无法平静。

同一天，我还看到了他与前几任女友非常亲密的合影，让我联想到，那个房间，甚至那张床，还残留着他们温存的痕迹与气息。

我是个感情非常细腻而敏感的人，虽然他大我十年，我不能要求他的过去与我一样是空白的，但是这样的过去，我真的不可能毫不在意。我该怎么办呢？我该抽身离去，还是该宽容置之，占据在他心目中最后一个位置呢？

可能对你男友来说，爱的表现形式就是没完没了的 ML。每段爱的维持方式都不一样，所以很难说。搞得太多就不算是爱情了？虽没有那么绝对，但你的顾虑也没有错。即便是以爱情名义起的头儿，然而却只以身体交流为主打项目，那你们

→

很快就没什么搞头了。

对一个身体的兴趣不会持续太久的，即便是再美妙的身体、再完美的性。这可能也是他为什么会有那么多“与前几任女友非常亲密的合影”。你倒是可以追究一下，他每段爱情为什么最后都不了了之。

ML太多或是前女友太多，我个人不认为这是必须要分手的理由。你应更主动安排你们之间的时间，不要逆来顺受只满足他的“表达方式”。一个好男友，不仅体能要好，更要德、智、体全面发展不是？我想他也不会是在几个前任的身上把爱都用光了，轮到你这里就只剩些上床的力气。为了排除这种可能，你就要仔细感受他床上以外的表现了。是不是床以外的时间，你会觉得非常寂寞、乏味、失望？这些，应该不是很难辨认。

若还是很难排除，建议你们干脆禁欲一段时间。end

男友逼着我ORAL SEX

我这段时间一直很烦一件事。我和我男朋友同居以后，我们做爱的时候，他总是让我和他ORAL SEX。可是我就是不喜欢这样，因为一想到他以前有过好几个女朋友，我就觉得他很脏，而且我是那种特别爱干净的女孩子，有时候觉得我自己干净得有点洁癖的那种感觉。我也和他说过，我不喜欢做这种事，他说希望我有一天会跟他ORAL SEX，那时候他才觉得我是他真正的女人。

他这样说，是不是心理有点不正常呢？我应该怎样和他说呢？怎样去做呢？

要是以“真正的女人”作为敲诈条件的话，你男友还真是幼稚得可以。这样说，还不如说“麻烦你，让我爽一下”更为真诚。他要是个“真正的男人”也不会提出这种说辞。想来，也是被各种A片惯坏了。

至于你本人，在这方面的洁癖应该被尊重，但是你自己说出的理由实在让人费解——“因为他以前有过好几个女朋友”，请问，他身上还有哪个部位没有被前几个女朋友用过？哪里还干净还纯洁？为什么把所有账都记在他的下半身？如果真的是这种意义上的“脏”，那就干脆连小手都不要他牵。

嘿咻时搞个人主义虽然有点扫兴，但我承认，确实也需要水到渠成、自然流畅。出于爱的动作，是不会让你产生逆反心理的。你无须在非常不愿意的情况下为了博得一个“真正女人”的封号去忍辱负重，同时，如果气氛允许、心甘情愿，你完全可以放松戒备，放下那些矫情的想法。要拼自尊，不是在这种时刻。end

出轨之后怎么办?

我想我是越轨了，在我男朋友出差的时候。我和我的朋友不管是什么原因，反正事实就是事实，我无可否认。或许是我就是个招风引蝶的人，但是自从跟了这个男朋友后，我想我是要安定了，或许我们没什么意外就会结婚，可偏偏这个时候我却干出了这种事。

我的男朋友是我的第一个男人，虽然自己性格不羁，但思想还是保守的。那天的事后我一直很内疚，虽然知道自己可以一直坦然地欺骗他，我想亡羊补牢这个成语还是可以用在这件事上的。我懂得珍惜，可是就是心里一直很过意不去。因为我男朋友对我很好，如果他知道了这件事一定会很伤心，或许就会不要我了。

我和我发生关系的朋友一直没联系，或许彼此都觉得内疚吧，但我真的不知道自己以后会不会因为这件事成为我和我男朋友之间的问题。

每期看《女友》我都最先看这个栏目，我觉得您的每一句话都一针见血。或许我就是难过在自己这件事不能找人倾诉所以才会这么的痛苦，我想如果您能给我一个字的答复我都是痛快的，骂我一顿也好。因为我的心情真的很沉重，深深地自责，但是事情发生了后悔是无济于事的，我只想以后能和男朋友幸福地过日子，不想这件事永远成为我的阴影。

事情已经发生了，你觉得还能怎么样呢？如果你这么在乎这点阴影，是不是让你男友也去搞一下出轨，你就能少点罪恶感？或是你就一直罪恶着罪恶着，直到把自己逼疯，冲到男友面前去坦白交代——就这几种情况，你觉得哪一种会对你想呵护的这段关系产生良性作用呢？

我们小时候都被开水烫过，哪个家长喜欢看孩子被烫啊！但是，那就让他这辈子第一次认识了什么是“烫”。这绝对可以让咱一辈子不会再把手伸进开水里去。

在这之前，大人们肯定也唠叨过很多次，就像“出轨”这件事，在你真的出事之前，它对你也就是一个单词。现在知道烫手了吧？那么就记住这个感觉，同时就不必再把满手烫的泡儿拿去给你男友观看了。end

不是处女了，还能幸福吗？

那年我们恋爱了，我以为他一定会是我的真命天子了，一直我都是一个保守的女孩子，虽然并没想跟他发生关系，但因为他冲动的撞击，那层膜还是没有了。那个时候因为很爱，也没有想太多，以为自己会嫁给他。

一年后我们毕业了，回到各自的城市，距离还有其他的一切将我们慢慢拉远了，虽然他还是很爱我，可我知道自己淡了，但想着我已经不再是处女，嫁与他人，是否还会幸福？虽然社会已经很开放，可还是过不了那一关，我该如何是好？

处女膜跟你的幸福有什么关系呢？你是还打算把它作为一个筹码备着么？你还有处女膜的时候不是实验过了么，它不能够让你的爱情更持久，它也没能帮你把那位外地真命天子吸回到身边来么。所以，你觉得是处女膜的问题？你就算断了条腿也是可以获得幸福的啊，更何况就少了它。

你还要过哪一关呢？我周围大把的有为男青年，都对处女们敬而远之，在你那里打算当作敲门砖的那层膜，在他们那里是铜墙铁壁——除非你的目标人群不是他们。

可以为处女膜赴汤蹈火的人，我也不推荐你选用。无论从社会氛围，还是情感科学角度，你都不能够嫌弃自己。我看周围更着急的，是那些快三十了还保留着宝贵的处女膜的同学。真是旱的旱死，涝的涝死。

你再去找新的恋爱试试吧，要是有人为你不是处女而嫌弃你，欢迎再来信控诉！end

男友不是处男还配得上我吗？

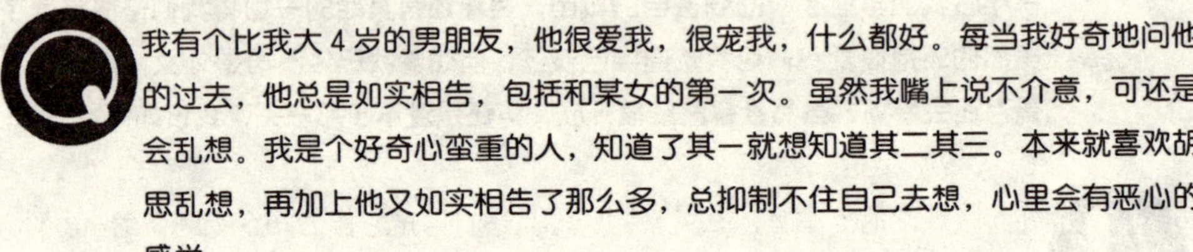

我有个比我大 4 岁的男朋友，他很爱我，很宠我，什么都好。每当我好奇地问他的过去，他总是如实相告，包括和某女的第一次。虽然我嘴上说不介意，可还是会乱想。我是个好奇心蛮重的人，知道了其一就想知道其二其三。本来就喜欢胡思乱想，再加上他又如实相告了那么多，总抑制不住自己去想，心里会有恶心的感觉。

虽然现在没有性经历的男人少之又少，但是总好像过不了自己的那一关，觉得他会不会把我当成她，或者做比较什么的。我该怎么办？虽然我也有过去，但都是纯洁的过去，每个人都有自己的秘密，我不喜欢把心里的事说出来，我们曾经就因为他以前的事差点闹到分手，我是不是太小心眼了呢？总感觉他已经不是个处男了，配不上我对他的这种单纯的感情了……

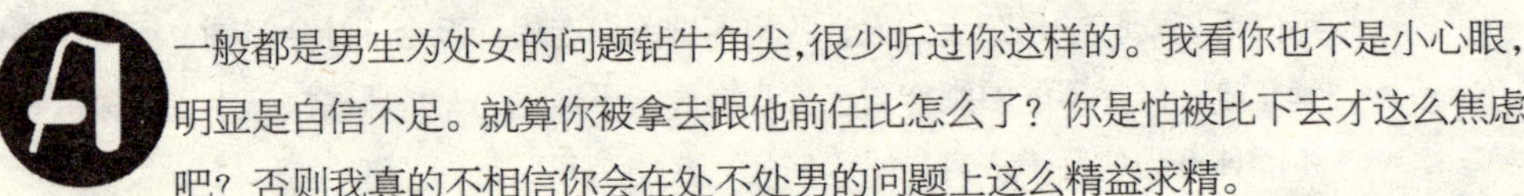

一般都是男生为处女的问题钻牛角尖，很少听过你这样的。我看你也不是小心眼，明显是自信不足。就算你被拿去跟他前任比怎么了？你是怕被比下去才这么焦虑吧？否则我真的不相信你会在处不处男的问题上这么精益求精。

人家在别处学点儿本领怎么啦？一定要从头到尾都拜在你门下么？你是打算以垄断的形式保持住他对你的忠诚和好感么？他是个井底之蛙你就觉得光彩啦？

再说，比较无所不在，你以为每天在大街上晃来晃去的美女不构成跟你的“比较”？如果你是这么没自信的人，那所有女人的存在都是为了来伤害你的，根本不取决于是否跟你男友搞过。万幸你找的不是张白纸吧，要是白纸想自己花哨起来，以后才有你受的。

另外，拜托也不要把你的“处女”当成履历表上的重大优点拿出来说事儿。纯洁不纯洁的，跟有没有上过床有关系吗？我看你这样去揣测你男友的过去，就相当的不纯洁。end

要不要把第一次给他？

我生长在一个家教很严的家庭，从小受到的都是比较传统的教育。我的信念也是第一次要留给自己的丈夫。我现在有一个感情很好的男友，交往一年多，他一直希望我能完全交给他，每次拒绝都令他很失望。他没强求过我，但我很担心这样拒绝会让他怀疑我的感情。

这样的坚持到底对不对？男人多少都还是有点处女情结吧，万一我以后的老公不是他，会不会嫌弃我？并且，如果我把自己交给这个男友，他会不会觉得我已经毫无神秘感可言而慢慢对我失去兴趣？

我不知道应该继续坚持下去还是答应男友的要求。

问这个问题的很多，集中回答一次。

那些非常担心自己不是处女会被甩的女生，你们为什么把自己放在一个这么廉价的位置上？不是处女继而被嫌弃，这是男人们定下的规矩吧？而且确实是过时的规矩。他们有什么资格嫌弃女生不是处女？只有心理极端弱势的男人，才会在这种问题上挑剔女生。这么挑下去，咱们也可以漫天要价啊，你为什么没有金城武的脸和比尔·盖茨的银行账户？他们自己都还没捯饬清楚呢，干吗要求人家的处女膜专为他等着？

作为女生，有人挑剔你就心虚啦？神秘感是靠处女膜维持的么？你认为第三世界的少女就该这么自贬身价么？那你认为那些离婚的人，都是因为搞太多搞到恶、继而奔赴新鲜处女膜了？

而且你爸妈也没办法帮你验货，最终不还是要靠你自己去搞明白你们是不是天作之合？若仅仅是在处女膜这种初级问题上达成了共识，那后面等待你的未知数还有更多。离婚与更换性伴侣相比，对你这种“保守家庭”的打击应该更大一些吧？end

该不该原谅曾经出轨的他？

Q 和男友相处三年了，中间分过手，原因是他出轨。但他一个星期后又找回来想要和好，我答应了。可是，和好后我心理越来越难受，开始不喜欢他说我眼睛大，因为他也这样说过那个女孩；不再要他去车站接我，因为他和那个女孩在我最伤心的时候，坐车出去玩……总之他一切行为都让我联想起他的那次出轨。为了报复，更为了自己不再痛苦，我和另一个男孩在一起了。可偏偏此时他对我又非常好……就这样，我和他又在一起了，虽然我也出轨了，但是我自私地认为，我的一百次出轨也没有那一次他对我的伤害大，所以我们经常吵架，都很痛苦，谁也放不下谁，真的不知道该如何是好！

A 所以说回头草尽量不要吃。女生都是喜欢细节性联想的动物，她们通常会在自己的脑海中仔细编排那坨草，曾经如何地被其他马也吃过、踩过。更有甚者，还会追问这坨草被吃的感受、频率等一切细节，在自虐中貌似获得解脱。但你看到哪个人是这样就解脱了的？只会越想越恶心。咱们都不是FBI，就不要再搞什么指纹鉴定来长自己的脸了。

另外，你也不要夸大自己的痛苦，凭什么你的“一百次出轨也没有那一次他对我的伤害大”？你的出轨难道是保送的？你的出轨难道是在月球上出的轨？为什么你可以负天下人，而天下人不可以负你呢？你把自己的功德如此放大，以后要受的羞辱还多了去呢。如果真的有这么傲慢、这么把自己当回事儿，那就干脆点儿，直接把这坨草扔了，别再这儿唧唧歪歪地问我什么“如何是好”了。end

他值不值得我去爱？

我是大一学生，喜欢我们班的班干部。他也在短信中表达了对我的好感，我欣喜不已。他说有过几任女朋友，都发生过关系，对于性，他不能控制，不想伤害对方，但最后还是伤害了。他让我看清他再决定。我挺保守的，可并未因此讨厌他，反而觉得他很真诚。

一天晚上他提出到外面开房，我有些害怕，说只要你说我可以相信你，就跟你走。他说："请相信我！"那晚我们抱睡在一起，接吻、抚摸，但当他提出想做那事我拒绝了，他也没强迫我。后来我发邮件告诉他，那天是我第一次和男生过夜。他回信说，很高兴我能理智地拒绝，否则他会后悔的。

在一起这段时间，他没说过爱甚至是喜欢。他说没对谁说过爱，在一起只是彼此喜欢，他分不清喜欢和爱，如果他心里有我的话我会感受到。他现在的女朋友在外地实习，要一年才能回来。我现在苦恼的是，他是不是把我当成他女朋友的替代品？我也不清楚自己对他是不是爱，还是仅仅是喜欢？我们会有将来吗？

这种爱到处耍酷耍浪的男生之所以还有得混，就是因为有你这样爱捧臭脚的追随者。有过几次性经历，就觉得自己沧桑得不行、有能力得不行、天下女人都是任他伤害的了——你不觉得他的话很恶心吗？还真是有这样的人，被他伤害的人次决定他的优越感。你以为他那番话是自我反省以及对你的谆谆教导？我看他分明是在炫耀战绩。

不过，男生大概都有这么个阶段，以下半身的阅人数量，作为自信心主要来源。你要期望与这么一位发生什么"浪漫、美好"的爱情，恐怕比跟枕头恋爱还难。你最好还是管好自己，就不要做下一个满足该"浪子"虚荣心的牺牲品了。让他有工夫给你们班多组织些积极向上的活动去。end

身体和情感可以分开？

我是个比较早熟的女孩，很小就开始交真正意义上的男朋友了，对性并没有那么看重。目前我有一个比我大十几岁的男友，他是在我空窗期出现的一个男人，对我很痴迷，尤其是我的身体。但我对他没有什么感情可言，就觉得是想骑驴找马，想身边有个人陪着。

有时我觉得真挺没意思的，又不会和他结婚，也不想带他去见我的朋友（因为长得不帅），但每次要分手时，都会因为做爱而未分成。我觉得那个时候，身体和感情是可以分开的。恨自己的优柔寡断。也不知道那时是出于同情还什么，反正就是还跟他做了。然后当然就分不开了。

我很想知道，我会不会从此就永远也不能和这个人分开了？

所有在“耗着”的情感，貌似没道理，其实都有很实际的功能。比如你身边这位，至少在性生活上全天候保证你不会青黄不接。一般人，都不好意思承认，这是留恋一个人的理由。但是又有什么不好意思承认的？哪个人不实用至上的呢？倒是有些人，明明是因为实用、图方便，却偏偏说是因为爱情。

另一方面，如果你真的不想沦为禽兽级的选手，也一定不要用这种方法作为分手仪式吧。它相当违背人的正常处事规则，一般人恐怕都很难做到，刚嘿咻完就立刻把人踢下床叫人滚蛋的。所以，下次谈分手最好找一个严肃点的场合——既没有适合亲热的床位，也没有可以代替床的东西。如果实在没有把握，还可以请亲

→

朋好友出席，一同营造分手的必要气氛。

这件事最好尽快解决，不然以后“分手”都变成你们性生活的调味品了，多变态。end

她有没有可能原谅我？

我和女友相爱两年多了，我们的这段爱情却因为我相识之前的放纵行为正面临着危机。我也深知都是我自己犯下的错误，便因此在我们的相爱过程中间，我坦白自己曾经对不起过她，因此她也经常寻找机会刺激我，比如：虚构她曾经和谁如何如何。

现在这件事成为她难以解开的心结，每每都向我提出分手或找个平衡的机会，可是她的性格又决定她不愿意去平衡。就这样我们经常因为这个闹得不可开交，我现在已经深深爱着她，自从我们相识相爱之后，我一直痛恨自己先前的放纵行为。

我想请教你，我们是不是不适合在一起，曾经犯过错误的男人是否还可以找份真爱，是不是因为我们的爱情基础不牢固，我该怎么办？

你们两个聊什么不好，为什么一定要聊你的风流史？恋人之间是可以“选择性”交代的吧。况且你说的那些都是人家在朝期间，这种透明度不要提升也罢。既然很爱此人，应该能想到她这一系列反应。但鉴于你有这样的前科，我认为你并不一定有多了解她。

你自己打算浪子回头，也要给别人一个适应的过程，况且你以后到底还浪不浪，大家也都有权持怀疑的态度，你自己都把证据供出来了。

虽然这把火不是很好灭，但我也不建议你马上就撤。不然，在你女友面前，你作为一个男性代表，日后要给她蒙上多少的不信任和恐惧啊？

→

我就不信，如果有一个人真的诚心在道歉、悔过又持续回头的，别人会看不出来。除非你真遇上一根筋了。end

怎么才能让他后悔?

我们是别人介绍认识的，开始他对我感觉很好，说了很多承诺。他有时会拿一件事试试我是怎样的人。我们发生关系没几天，他就提出分手，说我们不合适。可我不信这是真正的理由，我想他可能背着我又相亲了。

不知道他是不是觉得我跟他发生关系了就不是好女孩，可我是从心里对他一心一意的。之后我又打电话问他为什么要分手，他很反感。我很不甘心，有种被骗的感觉。很后悔轻易就把什么都给了他，他在发生关系后又提出分手更伤害了我的自尊。现在我们彻底分了，我却很想找个方法挽回可怜的自尊！怎么做才能让他为和我分手而后悔?

拿诱惑你上床来测试你是不是个随便的女生——这种猜测都太理想化了。其实只是个到处乱搞的男人，你别把他想成是玉女学校的主考官。在他那里估计也只有矜持的玉女和假矜持的玉女之分，也只是个战线长短的区别。所以，请不要以为是因为自己一时放荡才被清理出考场的。

再说说“后悔”。后悔是基于那些没有办到、目的没有达成的事。所以，他有什么可后悔的？如果一个人的目的就是吃顿麦当劳，你再喂他鱼翅他也不会觉得后悔。跟这种人动用“尊严”实在是严重了。遇到贱人，最有尊严的做法是“玩得起”和“不在乎”。end

不想抢走他，只想和他上床

我是85年的女生，最近迷恋上了一个大我8岁的男人，很郁闷，因为我也同时认识他女朋友。认识他的当天晚上我们一群人在酒吧玩，他喝了点酒之后，开始抚摸我的腿和臀部，当时他女友也在旁边。不知道为什么，我从那一刻起被他迷住了。可之后几天他却一点消息也没有。我忍不住发了个短信给他，他也是一副公事公办的口气，似乎忘了那天晚上的事。

我很想见他，可我们的生活圈几乎没什么交集。我也想过先和他女朋友套近乎，打入他们的圈子。直接打电话我又怕被拒绝，其实我也不是想抢走他，我就是想和他发生关系，他不必对我负责啊，而且我条件也不错，他没道理看不上我的。你说我该怎么把他"骗"到手呢？

你这样白给，对某些男人来说，已经构成羞辱了，你也不要把人家的贞操想得太不值钱。酒后乱摸跟真刀真枪还是有本质区别的，你这么不经逗，以后还是少去风月场所吧，免得一路把自己贱卖，给都不够给的。

你也不要把人家的不回应，理解为胆小。他有很多理由可以不回应你，譬如没有看上你，譬如身边女人已经饱和了，譬如人压根儿就是只跟女朋友上床的。so，他为什么要伺候一个路边的陌生女？人家的蛋白质不是蛋白质啊？

如果你从小就开始培养自己视天下男人和自己都为粪土的精神，那我真是没什么好说的了。现在社会这么乱，难免会把小朋友带坏。end

那一夜，天雷勾动地火

我和男友本来打算下个月就结婚的，却在这时出了问题。前些天，家乡的一个关系很好却有点暧昧的男性朋友路过我的城市，我陪他四处玩，回酒店之后，他却突然开始吻我……我以前从没想过会和他怎样，而且他也是刚结婚的人，所以我强行推开了他。但他一面对我表白一直爱我多年，一面继续进攻，我终于没能抵挡住，甚至还有点喜欢，也许自己也早就爱上他，但一直不知道吧！

我们一直在ML，直到第二天，他要走了。我痛苦万分，从未有过的痛苦！跟他在一起的时间太美好了，这是男友从没给过我的感觉。我很想和他一起走，想解除和男友的婚约，虽然我知道自己这样很罪恶，但就是不能控制自己去想他。救救我，到底该怎么办！

你还真是不怕麻烦自己，跟他走了之后呢？你认为就可以从此这样幸福地搞下去？你让强奸犯把他所有的强奸对象都娶回家，他未必愿意吧？为什么你非要让人家禽兽跟你谈恋爱呢？超出了人家的服务范围、能力范围了好不好？

好歹摆出点见过世面的架势吧，不要把“做爱之后动物感伤”这样的文艺情绪带到生活里来。这种决定最好十天之后再下——也许用不了那么久，你身体上残留的那点记忆和荷尔蒙就没什么功效了，大脑也就归位了。那时再看看，你是否会为了一株假花，放弃你家的后花园。end

他会对我的第一次负责吗？

我在哥哥的婚礼上认识了一个男人，他是哥哥的朋友。我对他一见钟情。认识他的第二天，我和他表白了。其实我是个对感情很内向、很传统的女孩。他承认他对我有点动心，但又觉得太突然。他怕我们在一起要是没结果无法跟我哥嫂交代。

在我和他表白的第二天就上床了。之后，他对我的态度就很冷淡。再次见面，还是上床。他说，他现在不知道怎么面对我哥哥，他希望我们慢慢发展下去，看看到底合适不合适。我一直不愿意去逼他给我一个承诺，可他是我的第一个男人！我想和他有所发展，他却又让我很不安！

很奇怪，你说你“内向”、“传统”，却主动把第一次草率地送出去了；你们说要慢慢来，但是你们见面第二次就上了床。你们到底是用哪种语言进行交流的？我怎么觉得和一般汉语要表达的意思完全相反啊？

这个男的一面说害怕自己同你没结果，无法向你哥嫂交代，觉得好罪恶好罪恶，却有胆跟你先把床上了——他是更不害怕背上玩弄朋友妹妹贞操的恶名？这相当于一个贼说，我非常非常不想抢劫你家，但是我不得不把你家存折先拿走。你确定你俩当中没人脑子进水？

从他处理这件事的几个方式态度上，我怎么完全感觉不到这是个值得你期待的人呢？你害怕“我的第一次给了一个混蛋”，但是之前为什么没想到要尊重一下你的“第一次”，为其找一个可靠的剪彩嘉宾？再没时间也不能碰到谁算谁啊。end

处心积虑只为一夜

跟前男友分手快一年了，最近在看演出时终于碰到一个让我心动的男人，我也能感觉到他被我吸引。后来约出去几次，感觉很好，但是他告诉我，他下礼拜就要去另一个城市结婚了。我很郁闷。

就在他要走的前三天，他约我出来，我们打算去开房。不巧的是我们找了三个地儿都没有房！最后兴致全无。

我现在很矛盾，确实很喜欢他，哪怕只是一夜情。但这样处心积虑只为一夜，我又觉得自己很无聊，能怎样呢？我去争取他的话，有意义吗？

总有人怪意中人出现在不对的时间，嫌命运对她不好。其实岂止时间不对，光线不对、你眼神儿不济、他彼一时的魅力超常展现——都有可能错把猪头看成是意中人。不如相信：既然叫你们错过了，那就是不够好。你最好把这个的重要性提升至他少条腿那种程度。

大多数靠谱的爱情故事，都不会以这种面貌出现的。不要期望你们经过一番戏剧性的波折后会得到一个美满的结局。不是没可能，但你最好还是不要有这种麻烦的期望。

简单、正常、美好的基础真的很重要，它让人的感觉渐入佳境地稳固起来，而不是过山车那种高空坠落般的空洞刺激。在这种情况下，多一炮不如少一炮。既然老天都让你们开不到房，你还不明白？end

迈不过“过渡产品”的坎儿

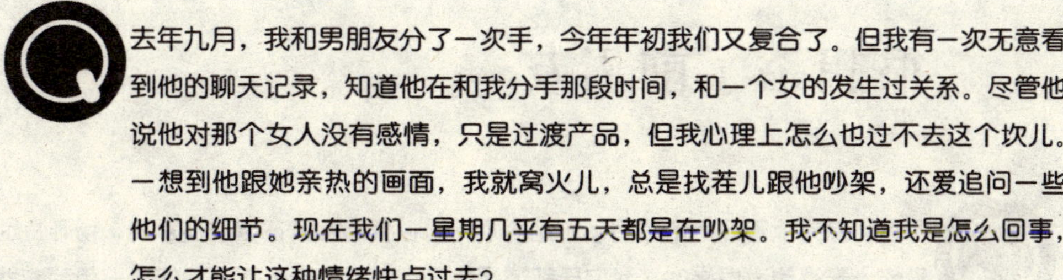

去年九月，我和男朋友分了一次手，今年年初我们又复合了。但我有一次无意看到他的聊天记录，知道他在和我分手那段时间，和一个女的发生过关系。尽管他说他对那个女人没有感情，只是过渡产品，但我心理上怎么也过不去这个坎儿。一想到他跟她亲热的画面，我就窝火儿，总是找茬儿跟他吵架，还爱追问一些他们的细节。现在我们一星期几乎有五天都是在吵架。我不知道我是怎么回事，怎么才能让这种情绪快点过去？

你们当时既然已分手，他总有自行安排自己业余生活的权利吧？这件事本身你就不在理。如果你的愿望是让你们的关系朝良性方向发展，就更没必要抓住个“阴影”不放手。除非你觉得你们的爱情生活太缺乏戏剧性了，需要一个第三者的角色来当调味品。显然你是个太“认真”的人。

退一万步说，即便是他与你在一起时出轨，为了大局，你也可以考虑忽略不计。太过透亮的爱情关系，是非常脆弱的。一份强大的爱情，肯定是可以消化各种“偶尔”的过失。你一天到晚为这点小事唧唧歪歪，只会把你们的关系推入一个非常薄弱的地带。

听上去，你们再“讨论”两个礼拜，基本上就可以下课了。这大概不是你的目的吧？end

很想杀了前男友

和前男友分手已经两个多月了，这两个月里，我经常会在梦里追杀他，场面特别恐怖，弄得他满身是血，我自己都被吓住了。白天也什么都不想做，一想起他就恨得要命。

我挺漂亮的，学历也比他高，他是那种小混混，在我最低落的时候我们好上了。后来我对他真是没的说，房租也是我出的，对他体贴无比。但他最后居然在我家里跟别的女生干那事儿。最后分手时特别难堪。

他是我有生以来碰到的最混蛋的男人！我真的杀了他的心都有！我觉得他把我变成了一个坏人。朋友劝我看看佛经平息一下，但我看完后，就天天诅咒他下地狱。我怎么才能狠狠地报复他一下？

仇恨显然没什么营养。我看过最有营养的仇恨，也就是《了不起的盖茨比》里那样的，把自己恨成了一个有钱有权的成功人士，然后到前女友面前耀武扬威一下。

与他相比，你都快把自己恨成一个杀人犯了……其实这些恨于他一点影响也没有，全都一个不落地成为你体内的重创、毒瘤。你若再不收手，早晚会把自己给毒死的。

在停下你的怨恨的同时，你也要反省自己的眼光，怎么当初会瞎眼，把自己轻许给这么一位不靠谱的男人。即便是错误，也是你错先。目前，即便你真的有办法令其肉体人间蒸发，你也不能不检讨一下自己的品位，否则下一次等你的，估计还是同样货色。

所谓门当户对，并非没有道理。与一个不在同一水平线的男人交往，多恶心的情形都有可能发生。为什么卖猪肉的永远不懂公主们的心？其实公主们也闹不懂江湖混混们的心。两条路线纠缠在一起，童话故事除外，大多会搞个驴唇不对马嘴的糟糕局面。

你要做的，就是让自己变回那个可爱、优越的公主。公主是不会一天到晚想着如何砍人的。end

他是个火坑，我还是忍不住要跳

Q 我上大三，他上大一。起初他有女朋友，我像姐姐一样出现在他们身边。后来他和女朋友分手，我们“暧昧”起来，接吻、抚摩、做爱。其实我是第一次，我本以为这样我们应该是男女朋友了，可他对我说，我对他很重要，一开始建立了太多的感情，怕以后分手大家会做陌生人，他接受不了，最好还是做一辈子朋友，做一辈子的姐姐，以后不会碰我了。因为爱他，我同意了做朋友。明知道是火坑还要跳下去，我们每天都见面，可朋友们都不知道我们是情人。他很吝啬，只希望被爱。当我还没有决定自己要怎么做时，我们又难耐需要，疯狂地做爱。这一次我没有后悔没有哭……我想很傻地问一句，我该怎么办？

A 这个男人的分手词非常经典，“一开始建立了太多的感情，怕以后分手大家会做陌生人，接受不了”，这比直接说“我们不合适”来得更加感人。脆弱的小绵羊形象立刻就被建立起来，难怪让你心疼地又继续跟他“疯狂地做爱”。

你们这种靠性关系维持的姐弟之情相当奇特。但说实话，分手之后，靠做爱来商榷问题、表达无奈，是非常不明智的方式。你有见过什么人做着做着就“做”成陌生人了么？或是做着做着就把问题给“做”清楚了的？

这个男人显然是不想公开你们的关系，才会说出那种托辞。不想公开，通常情况下都是心里有鬼。你要想清楚，是不是要为他心里的鬼继续服务下去？明明知道对方很自私，还要继续倒贴，谁救得了你？明明知道是火坑，还要问我火坑有没有跳头？我认为火坑对于“凤凰涅槃”爱好者来说，是一个不错的选择。end

我是不是有处男情结？

我有个还算体贴我的男友，在一起一年多了，想就这样过后半辈子吧。目前没有任何方面给我们阻挠。但是，我发现跟好多男人有处女情结一样，我越来越有处男情结，而他不是。

三年前他有个女友，两人维持了九个月的关系（我们还是普通朋友时他告诉我的，并非后来我逼问）。虽然之前我有些“膈应”，可还是把第一次给了他。可前不久我犯了个错误，我偷看到了他的日记和那个女人给他的信，他在日记中详细地写到了床上的事……

我当然也确定自己在他心中的地位，可是现在却一直想跟他分手，要找个处男，因为据说男人会把他第一个女人深深埋在心底的。现在我在这个牛角尖中绕不出来，想分手却还在爱他。《女友》快帮帮我吧，我都快崩溃了！

找处男……我觉得唯一的优点就是，大概不会有很多人和你争的。先不说找个处男在技术层面上的难度，找到就真能万事大吉了？一旦你千辛万苦找来的那位处男，被你带上路后，迷上了这项技能，到处找人练习可怎么办？

我这不是歧视处男们，是在告诉你不要从一种偏执陷入另一种偏执。你要找一个完全属于你的干净身体，这种愿望我很理解，但是它不能说明你现在的男友就是个不能要的。人家有点人生经验也是错？当下一个男人也以此来嫌弃你的话，你觉得如何？你如果能放弃这么强的“洁癖”，会看到很多干净纯洁的东西。end

一夜情可不可以重来？

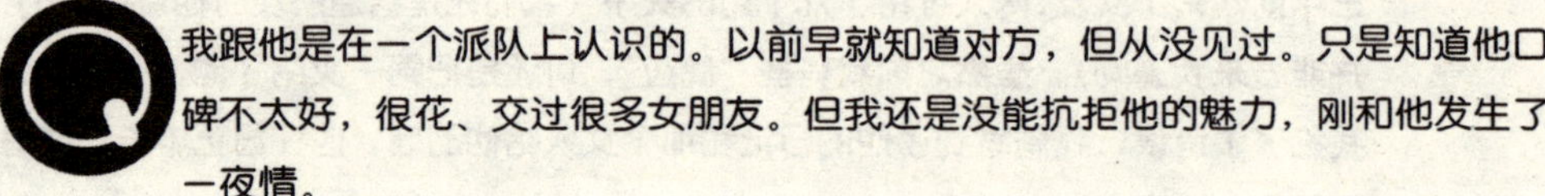

我跟他是在一个派队上认识的。以前早就知道对方，但从没见过。只是知道他口碑不太好，很花、交过很多女朋友。但我还是没能抗拒他的魅力，刚和他发生了一夜情。

现在非常焦虑。觉得自己被一个烂人收了，也很怕他会到处去说，我会很没面子，显得我也很烂似的！我该怎么办啊？他对我是玩玩而已吗？

灭口肯定是不可取。别人没有义务帮我们维护“德艺双馨”、“纯洁圣女”的形象。更不可以在我们享受到 A 片待遇之后，还要去名誉中心领奖状。简而言之，任何享受都有风险。欢迎来到成人世界。

那么把一夜情变成“多夜情”乃至“夜夜情”以封其口，是否可取呢？我认为，如果他果然是在你们认识第一天就把你弄上了床，那还是不要再陪他玩“美女与野兽”了吧。毕竟，人家是野兽。

你是否会因为被一个烂人收了就变得很烂呢？这个问题就跟“我只跟社会精英发生性关系是否也可以变成一个精英”一样属于烂问题。可以肯定的是，如果你已经跟一百个社会精英发生过了性关系，你基本上就很接近“烂人”的定义了。

那么，一两个烂人是不会毁了你的。

当然，也可能你关心的是，你不能确定他是怎么看待你的。是出于对你强烈的爱慕？或仅仅是他战绩簿上一个无情的数字叠加？

这个问题我也没办法回答你。比较有把握的是，如果这个一夜情让你上蹿下跳、夜夜不得安宁，那么不管它实际上有多糟糕，你至少可以获得一条宝贵的人生经验：一夜情真的不适合你。end

男友把我们床上的事说给别人

Q **从别人口中听到，男朋友其实并不满意我们的性生活。他嫌我跟他 ML 的时候不够主动，说白了，是不够“放肆”，总是他累死累活等等，说跟我做爱其实并不是很享受。我都快气死了，他为什么可以把这么隐私的事情跟别人去讲？如果他不满意我，可以直接跟我说啊！男人们在一起就一定要讨论这些吗？还有，不主动难道也是我的错？我觉得两个人做爱，只要气氛好、有感情，就可以了。他还需要我怎样主动？我该为这件事跟他翻脸吗？**

A 你男友把这些说出去，肯定是错的。同时更建议你不要采取以毒攻毒的方式，继续去跟你的朋友们诽谤他的“床事”，那只会更糟。既然你男朋友都郁闷到向他人求救，看来你们平日并没有建立很好的沟通渠道。这是你需要反省的。你怎么迟钝到对他是否“舒服”都判断不出？或是你从不考虑他有可能并不“满足”？

这个嚼舌根儿的事虽然有点无聊，但至少帮你们指出了你们之间的问题。做爱，理论上像你说的，要“气氛好、有感情”，但技术操作上肯定不止这些。如果你以为抓住一个“中心思想”,就可以把爱做好,那实在是还有些不成熟。有些夫妻，第一个孩子都“磨合”出来了，也未必真的能首肯对方。所以，健康的性关系，包括敢于说出自己的需求，同时乐于满足对方的需求。不是每个男人都喜欢干体力活儿一般伺候女朋友的，他们计一计回报不是太正常了吗？你那种小女孩般的“理论”恐怕是要改变一下。刚“绝望”过一次，转脸儿就觉得遇到了“真爱”——这种几率实在太小了。你以为姐姐们都在忙什么，你一个月就能遇着俩真命天子？end

有异性，没人性

——“其它”问题

●20岁就开始为诱惑担忧，那你一辈子要担忧的事还多着呢，与其为诱惑前仆后继，不如等待诱惑自愿走到你面前。

●如果一对男女需要在人前摸来摸去以夸张地确定关系，那这关系背后肯定是有极不确定的地方。就好像特别有钱的人，是不会当众拿钞票擦皮鞋一样，但凡如此不低调的人，肯定小时候穷坏了，必是暴发户无疑。

●不知道你们山区怎么定义这种关系，城市里分得很清楚——当二奶就是当二奶，有志气的就是有志气的，绝对不会把“当二奶”与“有志气”混为一谈。

●用谈恋爱来表达厌世情绪、打发时间，我也觉得比闷头糊纸盒要体面一些。

●不断应付踩屎是咱成长的必经之路，不能对其中任何一坨流连忘返、心存不服，哪怕它是被你踩过的第一坨。

●人在江湖混，难免变二手。

●男女之间要显示出够明显的好感来确实不易。又不是孔雀，可以用尾巴发彩信的。更不能像电视上那样，直接按号儿——孔雀和上电视听上去都够愚蠢的。

同性之间有爱情吗？

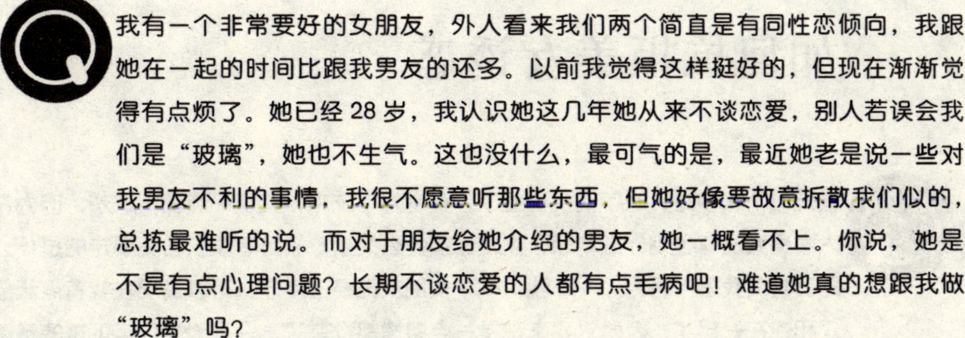

我有一个非常要好的女朋友，外人看来我们两个简直是有同性恋倾向，我跟她在一起的时间比跟我男友的还多。以前我觉得这样挺好的，但现在渐渐觉得有点烦了。她已经 28 岁，我认识她这几年她从来不谈恋爱，别人若误会我们是“玻璃”，她也不生气。这也没什么，最可气的是，最近她老是说一些对我男友不利的事情，我很不愿意听那些东西，但她好像要故意拆散我们似的，总拣最难听的说。而对于朋友给她介绍的男友，她一概看不上。你说，她是不是有点心理问题？长期不谈恋爱的人都有点毛病吧！难道她真的想跟我做“玻璃”吗？

我个人认为，人和人的关系，“亲”和“狎”只有一步之遥。跟任何人的过度亲密，都有可能导致一大堆的问题。尤其是现代社会，似乎“双性恋”、“同性恋”都有流行趋势。女友们很容易说服自己和同性更亲热。我说的是区别于绝对的“双儿”、“同儿”。

我想，在你和你好朋友的关系中，你很有可能变成了一个她的“保护壳”。她大概潜意识里觉得即便不谈恋爱，也仍然有一个感情寄托。你或许不是她明确的“性投射”对象，但很有可能是个情感存放处，是个把她在众多男性对象中将自我包裹起来的“幌子”。

为了她和你的身心健康，我建议你还是调整一下你们的交往频率及浓度。外界是否传说你们“玻璃”倒不要紧，关键是你也要让她有机会面对事实不是？这样下去，她很有可能会继续无意识地攻击你身边有可能对她构成“情敌”的角色，你们的关系有可能就真的完蛋了。

给她点时间和空间，去交往男生，这个才是关键的。end

如何抗拒美女诱惑

我是一个大学生，明年就要毕业了，可是对于未来，我是一点都不敢想，因为在大学里我没有学到什么本领，家里也没什么关系，很难想象以后我要走的是什么路。其实我是一名男生……我有一个女朋友已经三年了，可以说现在我有点厌倦了和她在一起了，因为对我来说是一点激情都没有了，只是因为几年下来的感情使我继续交往下去。很多时候我都想去尝试一份新的感情，享受它给我带来的激情，给我一些满足感。可是我不知道该怎么办，我觉得女人的诱惑是无限大的，一个男人能抵得住一时、三时，也抵不过她连番攻击，尤其是在我们现在这个年龄。所以我有时候有一些渴望，特别是对美女……我摆脱不了美女的诱惑。但是我真的很想不去想，但又顶不住很久，真不知道怎么办。

我建议你暂时还是什么都不要办了。如果“没有学到什么本领、家里也没什么关系”，不知道自己以后要走什么路——你自己都不能找出自己的魅力在哪里，怎么能希望被一群美女给挑出来呢？你希望靠什么去打动别人？靠你的诚实？

我不觉得对美女流口水是错的，但是你若把这件事放在其他事前面，放在确认你自身价值、位置的前面，那就肯定错了。等待你的只能是一次次被拒绝的失落，然后，（按照一般通俗情节）你很有可能就开始仇恨女人，继而仇恨社会，做出更不负责任的事来。这都是顺序颠倒的缘故。

见过很多男生（甚至帅哥），都是因为内心对自己极度不满、自卑，所以要靠虏获美女来使自己貌似拥有自尊、自信。这个方向肯定是错的，先不谈你到底能不能顺利把人家骗到手，即便你战绩累累，也有根本上的问题——因为真正意义上的自信不可能是别人给的，否则，大家只会觉得你是个相当无聊的男人。

最后，20 岁就开始为诱惑担忧，那你一辈子要担忧的事还多着呢，与其你为诱惑前仆后继，不如等待诱惑自愿走到你面前。end

有异性，没人性

Q 女生是不是真的恋爱起来只有异性没有人性？我和我的几个姐妹以前没有男友的时候，大家都为找男人而聚在一起，倒也开心；但现在各自有了另一半，在一起玩时那叫一个心不在焉呀！好像只是为了打发男友不在身边的时间才找女朋友玩的。如果大家带着各自男友来，也都一个比一个肉麻，注意力明显不在这里，似乎只是为了展示甜蜜。我在这方面自认表现还不错，因为本身是个不太喜欢在人前亲热的人，但是我很担心，我的友谊会不会就此消失了呢？那些女朋友是不是应该收敛点？

A 这问题分两方面说——

首先，现世造就怨妇这么多，能遇到一段修成正果的不容易，能找到一个可以带出去见朋友的男人不容易，所以你要允许你的闺蜜们得意、展示、自我陶醉，以及情不自禁地在朋友面前一再地确认关系——大家都是没有安全感的人，这样的行为是可以理解的吧？如果这让你怀疑对女人来说友谊、爱情孰重孰轻，那就不用琢磨了，肯定是爱情更重要。

其次，过分展示也肯定是有问题的。如果一对男女需要在人前摸来摸去以夸张地确定关系，那这关系背后肯定是有极不确定的地方。就好像特别有钱的人，是不会当众拿钞票擦皮鞋的一样，但凡如此不低调的人，肯定是小时候穷坏了，必是暴发户无疑。以这个作为标准检查一下你的闺蜜们吧，是不是很多都属于情感爆发户，或是家徒四壁却还在死撑门面。不是我恶毒，是我相信，深沉、稳定、美好的恋情是不需要、不屑于去做广告的。end

他欠我一部手机

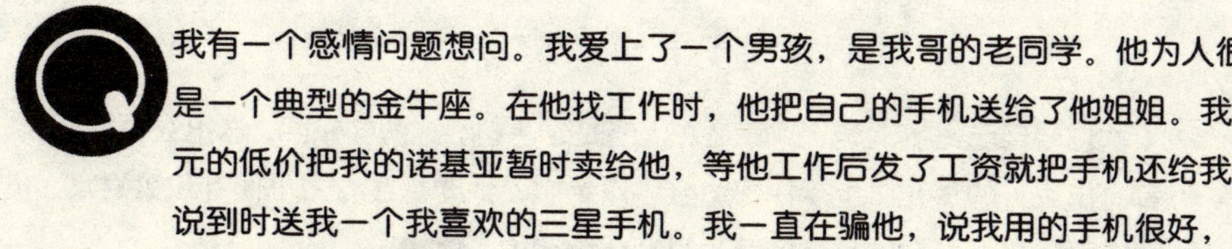

我有一个感情问题想问。我爱上了一个男孩，是我哥的老同学。他为人很细心，是一个典型的金牛座。在他找工作时，他把自己的手机送给了他姐姐。我以三百元的低价把我的诺基亚暂时卖给他，等他工作后发了工资就把手机还给我。他也说到时送我一个我喜欢的三星手机。我一直在骗他，说我用的手机很好，其实我一直在用一部很烂的手机。

现在他工作都半年了，钱也应该赚了不少吧，可关于手机的事，他没有想还的意思，连我生日那天也没和我说声生日快乐。中秋节前见到他，他已经没有在用我的手机了。我现在的经济状况很差，买不起新的手机。我很想知道，我为了一个不爱自己的男孩这样做是不是太愚蠢了？我该怎么做？是不是应该找他拿回手机呢？

你如果把这个问题定义为感情问题来问，那我的回答是——去跟他谈恋爱吧，把他欠你的东西都给“骗”回来。

这不是爱情问题，这是经济问题而已。他没有上赶着找你要、你却表现得相当大度（一副不缺手机的样子），人家不爱还，估计是理解成哥们义气了，根本不知道你是打算用一部手机收买他的爱情。

当你发现你可爱的诺基亚并没有敲开人家的心门，于是就打算把这问题回到最简单的借与还的问题上来。关于这问题，比较体面的做法是，给出去的东西就要有要不回来的心理打算，要大方就大方到底。

“是不是太愚蠢了”——仅从物质方面考虑，白送人东西是很愚蠢的事。但谁都能理解，给心仪的人送礼物是很美好的事，愚蠢的部分在于你那么快就后悔啦。原因就是“连我生日那天也没和我说声生日快乐”等等的情感受挫。

咱们,即便是女生,也不能既当不好一个“暗恋者”,又当不好一个“爽快人”吧?

下次你要自己先搞清楚，到底是送人还是送手机，这两样东西，送出去再往回要，都是挺丢人的事儿。至于你那位金牛座男生，他要是在靠占小便宜积累财富、借了东西就忘，那你就算骗到手也早晚会嫌弃的。end

迷惘的未婚妈妈

我今年 20 岁不到，和男友在一起一年整，可是我马上就要成为一位未婚妈妈了。我曾经想过，只要两个人开心，没有什么事情是办不到的。可在这段日子里，我发现越来越多烦心的事情是两个年轻人无法跨越的。

我爱他，宝宝还有十几天就要出生了，我的心里又开心又害怕，我面对这个新生命有点手足无措。每天呆在同一个地方，同一个房间，听着同一首歌，任何人都会烦；我是一个普通的女人，任何一点不经意都会伤害到我，他不懂，甚至不愿回家。从一开始我就认为自己是独立的，因为我和他甚至不怎么沟通。宝宝也许是幸运的，因为我很期待他。

我现在真的不知道应该怎么办！我想问问你，我是不是很不幸！我也有很多朋友已经当了妈妈，可是她们看起来很快乐！为什么不幸总是让我碰到？

青春期抑郁还没结束，马上又要进入产后抑郁了，你觉得，这个过程中诞生的小宝宝还有可能是“幸运的”？这大概是你内心所有声音里最虚弱的一支吧？如果你连自己的情绪都还无法照顾好，那日后那个整天只会哭闹的小人儿只会把你搞得崩溃到无以复加。既然还有十几天就要出生，看到本期杂志时已经是三人世界，拦也拦不住了，所以我也不想过多评价低龄妈妈的不靠谱。唯有一句忠告：做过的事，就去负责任，就尽量使既定事实朝好的方向发展。

不要觉得独立就意味着跟男友“不怎么沟通”，你如果是这样定义“独立”的，那我还真的很担心你们的三人世界。未婚先孕、低龄父母，我觉得都 OK，你们三个孩子一起成长可以吗？可以的。但你必须明白你们这个现有的草台班子，灵魂人物是你跟孩子的爸爸，你们两个人必须有很好的“合作模式”、“沟通平台”等等。

如果他不懂得心疼你，那你要引导他，而不是在这种时刻还举着“独立”的幌子。

在我看来，过去的很多个时刻，你可以选择“独立”，哪怕仅是去药店买一下安全套，哪怕仅是多想一下你到底要不要做一个妈妈。你选择了吗？

无论如何我相信，一个“不负责任”的策划是可以通过日后的“负责”行为追加回来的，当然，需要付出更多更多的辛苦而已。

做好真正成人的准备吧。end

女朋友中间的长舌妇

我最近很为自己的一段友情烦恼。我跟 M 是很多年的好朋友，她比我大一些，一直都像我姐。她是特别能自嘲的那种人，从不介意她没我长得好看、没我招人喜欢，我一有什么问题都会跟她商量。但最近我发现，她并不是一个很好的朋友。可能是因为她长期单身，性格有些奇怪，我无意听说她经常会在背地里说我的坏话，把我的隐私、糗事到处散播，这让我非常难受。我跟她说那些，是因为我很信任她，但是她却……这让我在一些场合非常难堪，像在裸奔。回想她平时，似乎随口暴露别人隐私是她的习惯，可她除了这个毛病其他的都还好，我很郁闷，但又没办法当面跟她说。我应该跟这样的人绝交吗？

首先你要承认，阴暗心理大家都有。看到别人落马、失败、被抛弃、丢人现眼，肯定比看到对方过得爽更能安抚我们脆弱的小心灵。最近看到的一句话，可以很好地概括你朋友的心态——“在别人的不幸中获得解脱”。所以，她没犯什么大不了的错。她可以在这些关于别人失败的叙述中，获得对她“不幸”现状的补偿。所以，你被她当成心理能量充电站也不能有太多怨言。否则，请去结交更优秀的人。

其次，为什么当你发现她在八卦你时，你才意识到她有这个毛病？朋友之间的气场肯定不是一天培养起来的，你之前肯定也津津有味听她谈论别人的八卦，甚至随声附和，她的阴暗心理有足够的市场才得以发扬光大。那么，你就没有理由要求她对你例外。她会以为你是相当接受她这种方式的。

最后只能接受一个事实：谁都在谈论别人，以及被人谈论。要求一个人树立一个“至清”状态下的社交关系，基本不太可能。你能做的，就是自己的口风紧点儿。当你把隐私告诉了一个人之后，这已经不能叫做什么隐私了，人家没义务为你负责。end

给我钱但不能给我婚姻的男人

我来自偏远山区，虽然人穷但我志不穷，现在一所不错的大学读书，可学费实在是贵得吓人，每次都是家里借来的，每次看见家人为了钱烦恼，我都充满了罪恶感，我压力太大。

大一暑假，我去一个酒店打工，认识了一个四十岁的男人。开始时，和他出去玩只是为了打发时间。这样过了两个月，我也回了学校，但他一直和我联系，并带我去一个景点玩，那晚不该发生的都发生了。之后回了学校，我们都保持着这种暧昧的关系，每周出去住一晚。这期间他会给我很多钱，也很关心我，让我感觉不出来他是出来乱耍的。相处时间长了，我对他也产生了依赖，每天都要有他电话，哪一天不打来我就会打过去，我怕他出去鬼混，虽然知道他不是那样的人，他说会爱我一辈子，除了婚姻他什么都能给。其实我也很相信这个男人，现在我生活里全都是他。

今年他做生意很忙，都没什么时间陪我，突然让我觉得和他距离拉开了好多，我想离开他可又不行，我养成了出手阔气的习惯，也很依赖他，不知道是出于何种原因。现在我真的很苦恼，和他在一起是不是一开始就是个错误？我现在付出了自己，如果就这样算了，朋友说我不值，和他在一起呢，毕业找工作是不成问题的，可我现在觉得自己好空虚，不知道是该进还是退，或许我就是个耐不住寂寞的人。

不知道你们山区怎么定义这种关系，城市里分得很清楚——当二奶就是当二奶，有志气的就是有志气的，绝对不会把“当二奶”与“有志气”混为一谈。你管你

→

自己那叫“人穷志不穷”？到底是你出身有问题，还是你念的学校有问题？

我看这男人也不是在“乱要”，而是有组织、有纪律、有原则、有偿地要，人不是每次都付你钱了么？人不是说“除了婚姻都可以给”么？你还想换点什么呢？你觉得拿身体当交换，可以换来天价吗？我告诉你啊，如果要给身体标价的话，就算再有志气的身体，也值不了几个钱。用你的思维方式，那男人是不是该想：“我现在既付出肉体又付出金钱，她还惦记着要我给她介绍工作，我冤大头啊我！”

至于你说依赖，如果给谁身边长期备着一个人肉提款机，可以不劳而获，恐怕人人都容易有依赖的。你要跟这点依赖较劲，那还真是没完没了了。那些“做二奶并有志气”的，不都是没办法舍弃这点“依赖”吗？等这台提款机“暂停服务”之后，你是不是还要换家银行的另一台机器试试？end

为什么最好的朋友对我忽冷忽热？

Q 我有一个很要好的朋友，其实我们真正在一起互相了解也不过一年。我们之间很奇怪，我待她一直是很好，至少我觉得没做什么对不起她的事。可她很奇怪，老是忽冷忽热地对我。每次我都想尽了办法来解决我们之间的问题，可她总是什么也不说。每次出问题，我唯一能做的就是继续对她好，能多好就多好。可这次我真的感觉筋疲力尽了。我真不想放弃这份友谊，它是我投入了很大感情的，我不想这么轻易地放弃。而且我一直觉得和她在一起的时间是我二十多年来最快乐的一年。 我在想或许我该离开？

A 闺蜜之间也有情感暴力，你不能像对待儿子或恋人那样去企图占有和控制她。你必须承认，你希望通过对她的好，把她再弄回到你的控制范围。不管你到底是想跟她建立什么关系，都构成让她回避的理由了。

朋友之间其实比恋人之间更需要清爽、透气的空间。见过不少没人可爱、就把全部热情投入在经营朋友关系的女生，她们提起自己的闺蜜来，也都鼻涕一把泪一把的，包括那些把情感转移到小猫小狗身上的。人家也就充当了一下盛放你们感情的工具而已，还不允许工具们罢工啊？ end

爱上小男人

我今年 20 岁，男友和我一个学校，相处一年了。我觉得他这人做事不太干脆，有时还很胆小，比如让他选个出游地点，或干点什么事，他犹豫半天还是我做决定。他是个大男生,不能什么事都听我的啊。平时遇到个什么事他得思量好半天，还要跟我商量好几遍，我总觉得他没大男生的魄力！而我喜欢有魄力的人（能领导我）。

还有，平时一起出去或吃饭，经常是我付钱，人家谈恋爱都是男生给女生付钱，他家条件也不错，我是不忍心总让他出，但我付钱时他也不反对。所以恋爱后我的生活费比单身时还多，我好委屈的！

我很爱他，所以这些都没告诉他，还安慰自己，其实他很爱我也很关心我，只是他不太会表达。所以爱他也要爱他的缺点，不能总拿他跟别人比。但时间久了我也会受不了的，甚至想我选了他是对还是错？

相信那些喜欢面瓜型男友的女生，对自己男友的描述绝对不会是你这样的，哪怕别人都觉得她牵了一个儿子上街，她们也一样觉得一切都很对。没胆量没魄力？没关系啊，她们有就是了。这是最简单的配对原理。

要是一个男的总是以缺点的形式扑面而来，那你就真的要好好想想了。要是你自己的主意和魄力都不够用，还要有个人每天巴巴地指着你，那你生活很有可能只会被此人带得毫无进步。

我真的不建议你从 20 岁就开始练习当妈。谁 20 岁的时候不是在找英雄靠山啊？大男子主义这么普遍，凭什么就不让你享受福利呢？ OK，就让他去“加油好男儿”吧，把他让给姐姐们。end

只想谈恋爱

我 20 出头，但是心态可以说已经老了，我觉得在世上忙忙碌碌很没意思，总想为人们做点什么，想隐居，不想参加一切为了金钱而劳累的活动。我很想天天跟我男朋友在一起，他是我的初恋。跟他在一起我真的觉得很开心，至少有个人陪。我家算蛮开放，在我家我们睡在一起我家人也不会说什么，所以发生关系是不可避免的。但我一点也不后悔。

这个暑假，我们在一起差不多一个月，直到他回家离开我以后，我发现一个人好孤独、好寂寞。（他每一次离开的前一个晚上，我都会大哭一场，因为我真不希望分开。）分开的每天我都想他，他时刻都得跟我发信息，但我又担心会影响他备考，所以也只能每天发呆等着时间流过。

真的，我想跟他在一起，我很清楚，可能是因为初恋才会这样的，但是我还是心情提不起来……我想我差不多快疯了，是否是因为想一个人太多，还是因为想着对以后生活的担忧？

用谈恋爱来表达厌世情绪、打发时间，我也觉得比闷头糊纸盒要体面一些。但是即便真的如你所希望——在 20 岁还没怎么上岗就提前退休，一门心思钻进你的爱情世界里，就能保证以后永远不会“好孤独、好寂寞”？初恋怎么了？初恋就应该成为你内心空虚的幌子？

这叫什么“心态已经老了”，明明是根本不敢长大，于是继子宫之后又为自己找来一个名为“男朋友”的子宫。但是我还真没听说过有什么东西可以跟子宫似的，

→

能让一个人一直免费地、无条件地在里面住下去。

另外，由于你给你可怜的男朋友赋予了太多不属于他的功能，我个人认为他早晚有一天会体力不支，落荒而逃。end

男友威胁要杀了我

Q 四个月前我认识我男朋友，当天我们就在一起了。刚开始他对我真的很好，但是久了就不一样了。第一次吵架他就哭了，我劝他安慰他，从那以后我们就经常吵架。最厉害的一次是他在我上班的地方大吵大闹，还砸东西。我气得二话没说回家收拾东西分手，最后被他们劝住了。

从那以后我就看不起他。每次吵架都是他哭。大男人家的像个什么嘛。那时我就想分手，但又觉得他可怜，就决定再相处看看，结果还是天天吵架。他一点也没有改。

我一不舒服就想念以前的男朋友。他知道了这件事并跟我提出分手，但是我没有同意。我们又好了一个星期左右吧，他又旧事从提，其实这时候的我心里只有他了。但他不相信我，还是跟我说分手。那晚我没说什么起床穿起衣服收拾完东西就走，走到门口开门时他突然把我抓过去按在床上说："你走我杀死你！杀死你！"那眼神、那动作我真的害怕。

第二天我还是走了，其实我心里真的不敢再回去了，我怕他真的杀了我。我不知道我继续跟他在一起是不是很危险？

A 男人爱哭已经很讨厌了，还动不动要杀了别人，这要内心虚弱到什么份儿上的男人才做得出来？这么一位解决问题全靠吓唬人、耍混蛋的，你还能指望他干吗？杀人？别逗了！这么需要勇气和力气的事，林黛玉可干不来，最多只能在自哀自怜中自杀。

→

我个人相当讨厌拿爱来要挟别人。好像一旦他老人家拥有爱,全世界都要让着点。其实那点破爱有什么用呢?能改变他的愚蠢和懦弱么?它甚至换不来别人一点尊重。所以,你的决定是正确的。同时完全不必担心他会去暗杀你,只要提醒他家人,时刻保证他没什么想不开的。end

借钱去挽救爱情，有错吗？

我和他是前年相亲认识的，那时他刚失恋，而我从未恋爱过。很快我们回到各自的城市，也就不了了之了。但每次看到QQ头像亮着，心里还是暖暖的，说不清什么感觉。

我的工作老是在换，想改变现状却又力不从心，总想不劳而获，辗转了很多城市，最后回家了。然后听说他要结婚了！当晚上我给他打了电话，哭了。我不知道为什么要哭，又不爱他。我决定去他的城市找他，也不是很清楚去找他做什么。可我身无分文，于是先后向两个死党借两千块钱，但她们都推三阻四说拿不出来。她们都是我自认为最贴心的人，可是为什么会这样？真的是我错了吗？

借钱失败的事，冲淡了他要和别人结婚这件事对我的伤害，我想世上真的没什么值得大惊小怪的所谓感情！

你自己不会算的吗，为一个没有感情、已经结婚了的男人，你要搭上两千块，外加借钱时的自尊丧失，最后对友谊出现怀疑乃至怀疑起人生来——成本是不是太高了？你的利润在哪里呢？就图千里迢迢跑去感受一遍“新郎结婚了，新娘不是我”的戏剧化时刻？你的朋友们变相阻止了一桩蠢事的发生，还不错啊。

为什么智者都建议咱不要在情绪化的时候作决定、下判断？工作和恋爱的失败，让你把这个男人当成终极垫底儿了吧？连垫底儿的都跑路了，难免会抓狂。但请你找准病根儿再下药。明明是四肢瘫痪，偏要吃康泰克是解决不了问题的。end

被好友结婚刺激

我最好的闺蜜结婚了，这让我非常受刺激，连她婚礼都没勇气参加。想到自己也不小了，于是马上也跟男友提出结婚的意思。他的反应非常明确——如果我一定要结婚的话，就只好分手了，他不想耽误我。

我非常绝望，我们也交往两年了，为他我可以粉身碎骨，他曾经、现在依然是我的偶像，只是我也了解，他刚从一段婚姻中走出来，不想又被套住，再者他也没什么钱，没有足够的底气。又或者他从来都没想要和我结婚。我该和他分手马上找下家吗？我现在真是非常恨嫁。

因为受刺激而结婚，你觉得你负责吗！你男友不捧你的场理由也是很充分的。如果你一受刺激他就捧场，以后日子还真不好过了，豪宅也刺激、LV 宝马也刺激、一家三口的更刺激，天天跟刺激较劲别干别的了！

然后，刺激还容易引发一系列冲动，在不恰当的时候干不恰当的事，以追求“和别人一样”的生活。如果你就是打算把老公这一职务落实，那就索性去婚介公司，大把恨嫁男青年，各种不靠谱未来组合，只要你敢对你此时的“一根筋”负责。

可你又是追求“粉身碎骨”范儿的，所以，再观望下你们这条小沟，看有没有可能水到渠成吧。逼婚横竖不是个办法。end

该不该留恋嫌我难看的男友？

我很爱我男友，连第一次都给他了，可是他并不爱我，因为我长得不好看，所以他一次次跟我分手。由于我的相求，都没能分成。最近他又跟我提了一回，这次无论我怎么求他，他都不肯，最后我放手了。

第二天我本想重新生活，他却又回来找我，说不能没有我。我们又和好了。可没好几天，他又像以前那样对我若即若离，让我觉得很痛苦。他明确说他根本不爱我，而且这辈子也许都不会了，选择跟我和好只是他因为怕孤独。

我真的不想再过那种生活了，要看他的脸色行事，要对他低声下气，忍着不该忍的。他对我一点都不好，从来不在乎我的感受。可是一想到我爱着他，一想到我的第一次给了他，我都会一次又一次忍下来。希望他有一天会真的明白我的心，真的爱上我。可是一点成果都没有。我真的不知道该怎么办。

以前讲过，不断应付踩屎是咱成长的必经之路，不能对其中任何一坨流连忘返、心存不服，哪怕它是被你踩过的第一坨。再说，咱又何必逼着一坨屎来服咱呢，让谁服不好啊！

你现在不过是心有不甘，觉得亏了，其实，你应该把背景焦距再调宽阔些——至少这还不是一辈子呢。你当真把此人抽服了，二十年后再来问问题，估计就会比这苦涩多了。若仅仅是秉着为你小妹妹负责到底的精神就搭进一辈子，哪怕再多一年我都觉得不值。它和你都是初来乍到啊，它和你一样需要变得更精、更准、更靠谱啊。所以，允许犯错改错。end

棘手的二手男

我现在是空窗期，心里虽然着急，却也不想将就。最近一个我并不反感的男人跟我表白了，可棘手的是，他是我最好朋友以前的男朋友。虽然是N年前的事了，但我也觉得挺别扭的。以后大家还会见到啊。而且，总归觉得有别人挑剩下的感觉。这种情况下，我该不该接受这段感情，还是我想得太多？

我个人是比较鄙视在同一个社交圈发展亲属关系的。跟A好了半天，蓦然发现原来也深爱着A旁边的B，哪儿来那么多巧事儿？合着之前跟人咸湿摸索都是干卧底的，就为了这一天？这实在不能说是造化弄人，只能说明社交失败，这么多年，也没社交出更大的圈儿来，仍在原地扒拉。关键是还会纵容自己这样。

这年头，人在江湖混，难免会变成二手。但是被谁用成二手的，确实也是个事儿啊。要是答应了他，不管你那女友有多厚道，人家也难免会暗爽，哪怕是善意地告诉你一些与他的相处之道，你也会觉得是在羞辱吧？所以，这基本上是一件长他人志气、灭自己威风的糟心事儿。要还没到非他不可的地步，还是PASS吧。end

到哪里去找这么方便的人

我现在有个爱我、但我一点也不爱他的男友。选择他是因为每天他能载我去公司，我是那里的实习生，他是那里的设计师助理，他可以教我，也愿意把薪水都给我花。但是他无论形象、谈吐，各个方面我都不喜欢。我纯粹是利用他带给我的种种便利。要命的是，我还跟他做爱了。之后我觉得自己的灵魂很肮脏，越看他越不顺眼。

我很矛盾，如放弃他，就要另找个公司去实习，在外面学习是需要一些外界的帮助和自身很强的毅力的，我现在都觉得很累了，如果出去碰到的都不顺，梦想会变得越来越模糊的。但如果不放弃，我又没法过得那么坦然……

灵魂不可肮脏，身体不可忙碌，工作不可曲折，还可以花到别人的薪水……如果这样都让你觉得很累了，恐怕世上没什么工作适合你做。然后还告诉我这都是在为梦想奋斗呢。你的梦想还真是靠想的啊！对梦想有诚意的人，会从第一步起就立志要抄各种近路？然后发现自己走了一段王佳芝的路无比懊悔？

你所谓学习需要外界帮助、自身毅力，就是再找一个更无怨无悔协助你的男友，并且你分毫不需要付出，一个加强版的冤大头？

占了便宜就不要再卖乖了。不管是有意去占还是无意去占——哪个人占了便宜，还要去怪那个施与者不给你灵魂清白、自食其力的机会——是不是也有点太讨厌了？你当初何必接受呢？

我怎么觉得你的男友更应该写信来问问应如何处理被人利用的问题呢？end

夹在中间，左右为难

我最好的女友交了一个男朋友，看上去文质彬彬。我们三个一起玩时，他的男朋友却屡屡向我放电。有时去跳舞，趁我朋友不注意，他还会对我动手动脚，等女友回来，又装得非常疼她的样子。这令我非常尴尬！

最过分的是，有一次我们三个喝多了，睡在一张床上，趁我女友入睡，他还过来抚摩我……我当时也喝多了，跟他接了吻。幸好没发生更可怕的事。但我现在后悔死了，想告诉我朋友，又怕她听了生我的气。但她的男朋友确实没她以为的那样"只爱她一个"啊！我夹在中间，该怎么办？

如果你的朋友已迟钝到可以让你们三人同床这种地步，那我还是劝你不要告诉她了。从她过于天真烂漫的行为推测，她承受力及理解力也不会强到哪里去。她这种自己不爱锁门的人，丢了东西简直就是活该。你若好心告诉她真相，你们的友谊估计也就到头儿了。回头不仅伸张不了正义，还落下个"抢人男友"、"棒打鸳鸯"的恶名。

另外，即便她不爱锁门，你也不要无趣到每次都"刚好"出现在事发现场吧？既然知道她男友是那样的人，你就应该洁身自好不是？这是你对你女友进行"支援"的最基本方式了吧？若每次都是你们三个人同玩，你还不小心又穿得性感迷人，那简直就是在"逼良为娼"啊。

强烈建议，下次玩的时候再叫上一个与你相熟的男生，不要再营造那种左拥右抱的三明治格局了。否则，早晚东窗事发！

如果你更聪明一些，可以从一些侧面，或是通过他人来告诉你朋友真相。毕竟那种风流假面的男子要不得。如果你对该男子潜意识里也有兴趣，那又要另说。想做重新组合的话，也请把事放到明面儿上来做，不要偷偷摸摸。end

图书在版编目(CIP)数据

天使爱混蛋/陈幻著. —北京:中国画报出版社,2008.7
ISBN 978-7-80220-303-7

Ⅰ. 天… Ⅱ. 陈… Ⅲ. 长篇小说—中国—当代
Ⅳ. I247.5

中国版本图书馆 CIP 数据核字(2008)第 079675 号

作　　者:陈　幻
特约编辑:卢　鱼
封面设计:张丽娜
版式设计:张丽娜

天使爱混蛋

出 版 人:田　辉
责任编辑:齐丽华
出版发行:中国画报出版社
　　　　(中国北京市海淀区车公庄西路 33 号,邮编:100044)
电　　话:88417359(总编室)、68469781(发行部)
印　　刷:北京京都六环印刷厂
监　　印:敖　晔
经　　销:新华书店
开　　本:787×1092　1/32
印　　张:8
版　　次:2008 年 6 月第 1 版第 1 次印刷
书　　号:ISBN 978-7-80220-303-7
定　　价:25.00 元

版权所有　翻版必究